MURMURE DE LA CÔTE-DU-SUD

CHARLES-ALBERT HUNTER

Murmure de la Côte-du-Sud

LES ÉDITIONS
FRANCINE BRETON

Les Éditions Francine Breton

Collection « Autobiographie »

Conception graphique
et mise en pages : Martel en-tête

Illustration page couverture : Jean-Luc Trudel

*Photo de la page titre : Cabanes de pêcheurs à l'anguille
sur les rivages de la Côte-du-Sud, début du siècle*

Murmure de la Côte-du-Sud

Dépôt légal : 3ᵉ trimestre 1998
Bibliothèque nationale du Québec
Bibliothèque nationale du Canada

Les Éditions Francine Breton
3375, ave. Ridgewood, bur. 422
Montréal (Québec) H3V 1B5
Tél. : (514) 737-0558
Courriél. : efb@jonction.net

Prologue

QUELQUES DÉCENNIES après la conquête britannique, les us et coutumes de la population canadienne commençaient à changer au contact des nouveaux occupants qui débarquaient ici avec des mœurs et une religion différentes.

Des bateaux arrivaient à Québec, remplis d'immigrants de langue anglaise. Ces nouveaux venus optaient presque tous pour le Haut-Canada, plus fertile et de température plus clémente. Mais il fallait quand même que certains de ces immigrants restent à Québec, chef-lieu militaire et politique du pays. C'est par un de ces bateaux qu'arriva Mathew Hunter dont l'histoire allait bouleverser la vie et les habitudes de bien des gens pendant plusieurs générations. Parti de son Écosse natale, il exerça une certaine influence sur son nouvel entourage. Technocrate averti, ses décisions savantes et efficaces plaisaient au gouverneur qui lui laissait parfois un peu trop d'initiative. Il arrivait même que sa présence dérange certaines gens.

Mathew Hunter était un beau et grand garçon aux yeux bleus, intelligent et fin causeur. Il exerçait des ravages au sein de la gent féminine ! Il était très en demande dans les soirées et les « Houses of Tea ». Il dégageait un charme irrésistible devant lequel les Canadiennes capitulaient facilement. Il aimait beaucoup la compagnie des femmes de ce pays.

Ces descendantes de l'ancienne colonie française plaisaient à Mathew parce qu'elles étaient moins conventionnelles et moins maniérées que leurs consœurs anglaises qui passaient leur temps à parler porcelaine et à commenter les cancans de la cour d'Angleterre avant de lever leurs jupons pour le quadrille.

Les Canadiennes, de leur côté, s'étaient petit à petit détachées de la France depuis la conquête. Elles avaient acquis une certaine indépendance et une désinvolture qui apportaient de la fantaisie dans leurs fréquentations avec les nouveaux maîtres du pays. En somme, ces femmes belles et rondelettes, charmaient les gentlemen et les officiers. Malgré leur pauvreté, elles gardaient une profonde estime d'elles-mêmes, une grande fierté, ainsi qu'une certaine coquetterie héritée de leurs ancêtres français.

Mathew se retrouvait souvent dans le quartier Saint-Roch, haut-lieu du plaisir à l'époque. L'élite de l'endroit et les gens du peuple s'y amusaient ferme et dansaient tard la nuit.

La famille Touchette avait, dans ce quartier, une très grande demeure dans laquelle elle organisait régulièrement des veillées. Mathew devint follement amoureux d'une des filles de la maison. Ils vécurent ensemble sans être mariés, ce qui était un fait rare pour l'époque. Ils eurent deux garçons, peut-être plus, l'histoire se perd là-dessus. Les fils furent enregistrés comme protestants et issus de parents illégitimes, ou de père inconnu.

Les enfants grandirent au sein des deux cultures apportées par leurs parents et apprirent les deux langues. Ils eurent la chance d'aller à l'école plus longtemps que la moyenne des enfants. Le plus vieux suivit les traces de son père et travailla au Département de la colonisation d'où incombait la responsabilité de la distribution des terres et de l'implantation des nouvelles mesures anglaises. Il portait le même nom que son père et lui ressemblait beaucoup, il en avait hérité le charme et l'humour.

Mathew, le fils, se retrouva un beau jour sur la Côte-du-Sud dans les seigneuries appelées « Field de l'Islet ». Il avait vingt ans et ne tenait pas en place, cherchant toujours la compagnie des jolies filles. C'est là qu'il rencontra la famille Lindsay. Mary, une fille du couple, lui plaisait beaucoup malgré qu'elle eût deux ans de plus que lui. La rencontre fut foudroyante et laissa des empreintes, Mary devint enceinte du beau jeune homme. Le jeune Mathew retourna chez son père à Québec en continuant sa vie insouciante.

Mais les choses n'en restèrent pas là. Les Lindsay étaient des pratiquants catholiques bardés de sévères principes religieux. Le père Lindsay partit de l'Islet pour se rendre chez les Hunter et sommer le fils Mathew de marier sa fille, enceinte de ses œuvres. Le jeune homme se devait de réparer, disait le père, sinon sa famille serait déshonorée et le scandale ferait le tour de Québec. Les protestants anglais et les Irlandais catholiques, tout en parlant la même langue, ne se fréquentaient pas. Leurs pratiques religieuses et leurs croyances ne se rejoignaient pas, elles étaient même à l'opposé les unes des autres. La religion catholique posait des règles très strictes dont l'application allait parfois à l'encontre du bien de la communauté.

En apprenant l'incartade de son fils, le père Mathew Hunter entra dans une grande colère. Pourtant lui-même ne pouvait se vanter de mener une vie exemplaire, mais il pouvait prétendre, tout au moins, avoir eu le bon sens de ne pas se placer dans des situations sans issue.

Les deux pères, Lindsay et Hunter, en vinrent à un arrangement. Les jeunes gens se marieraient à l'église catholique de Saint-Jean-Port-Joli et le père Mathew irait honorer son engagement et signer le registre.

Mais malédiction! le père Hunter déshérita son fils à jamais et n'accepta de le revoir que seul, lorsqu'il viendrait à Québec! Les ponts étaient dorénavant coupés.

La vie commune, pour le jeune couple, ne fut pas facile. Au village de l'Islet, on acceptait difficilement ce jeune protestant qui aimait l'alcool et la bataille. Mathew se mit à regretter sa vie facile d'autrefois où il faisait tout ce qu'il voulait.

On racontait, à l'époque, que de nouvelles terres à défricher s'ouvraient dans les concessions. Alors, après la naissance du premier enfant nommé Mathieu junior, le couple partit pour les pays d'en haut, là où de belles rivières serpentaient dans la région, où la forêt était riche et habitée de nombreux animaux sauvages. Malheureusement, les terres étaient pauvres et l'agriculture difficile.

On construisit une maison rudimentaire qui servait plutôt d'abri contre les caprices de la nature. Là naquit une nombreuse famille, sur ces terres de misère. L'été, Mathew passait son temps à chasser et à pêcher et, l'hiver, il s'adonnait à la traite des fourrures. Le beau garçon charmeur aux belles manières avait bien changé! Avec le temps, il était devenu agressif, coléreux et batailleur. Elle était bien loin l'époque où il menait une vie facile à Québec. Il devait désormais se battre contre les éléments et vivre dans un quasi-dénuement. La vie n'était plus ce qu'il en avait connu!

Au cours du récit qui vient, nous allons suivre notre jeune couple pendant quelques générations. Nous verrons se passer des événements où les gens feront preuve de grandeur d'âme; nous verrons des situations surgir, simples et émouvantes; nous verrons des dévouements, des attachements, des amours, mais nous verrons aussi des malheurs s'attaquer à la famille, des malchances l'attendre au détour de la vie... Cependant, tout au long des épreuves, tous garderont une grande dignité. En revoyant leur vie, on apprend à aimer ces personnages surgis du passé et parfois même à les prendre en pitié.

Bonne lecture,

CHARLES-ALBERT HUNTER

Introduction

novembre 1995

L'ARRIVÉE DU XXᵉ SIÈCLE avait amené de grands changements et de profonds bouleversements. Dans un beau village de la Côte-du-Sud se tissait un drame qui bouleversera trois générations qu'on devait taire et garder secret à jamais. L'honneur et la fierté devaient être sauvegardés et l'humiliation cachée.

Dans mon tout jeune âge, ayant le sommeil léger, je m'attardais pendant de longues heures à écouter les anciens de la famille et du voisinage parler et raconter à voix basse les récits, les anecdotes de leur enfance, et les confidences de famille.

Durant ces interminables soirées de fin d'automne, le poêle à bois rougi par la chaleur et la lampe à l'huile de charbon faisant des ombres fantomatiques sur les murs, créaient une ambiance sinistre aux récits des « jaseux » et leur permettaient de colorer leurs anecdotes.

Perché au haut de l'escalier, mon esprit s'abreuvait de toutes ces confidences secrètes et indiscrètes, restées à jamais présentes dans mon subconscient.

Vous comprendrez que certains faits ou gestes ont été accentués, et que pour romancer l'histoire, j'ai dû quelques fois amplifier les propos des personnages ; cela n'exclut pas la réalité d'une vie quelquefois pénible à cette époque.

C'est pour moi un grand plaisir de vous amener maintenant dans mon village et de vous présenter ces gens attachants et parfois déroutants.

En espérant que vous prendrez autant de plaisir à les connaître que j'en ai eu à vous les décrire.

CHARLES-ALBERT HUNTER,
pour les intimes... Charles III

CHAPITRE I

La vie sur la terre
en ce début de siècle

AU VILLAGE, la vie se déroulait au rythme des saisons. L'arrivée du XXᵉ amenait toutefois des bouleversements perceptibles et il y avait une certaine nervosité dans l'air, même si on était loin des points chauds de
la planète. N'avait-on pas atteint des hauteurs jamais
égalées avec la tour Eiffel à Paris? Les villes s'illumi-
naient, les Américains commençaient à faire voler leurs
avions, les Anglais construisaient des paquebots de plus
en plus gros, et les Allemands, ces créateurs et techniciens
nés, mettaient déjà en branle leur futur arsenal de guerre.

Au Québec, dans le cinquième rang du village de
Saint-Cyrille, les bras d'Alexis étaient très utiles. Wilfrid
et Diana, propriétaires d'une terre, manquaient d'hommes
pour les travaux, et son ardeur au travail leur était très
précieuse. Très vite, ils s'étaient aperçus de la timidité et
de la morosité d'Alexis. Ils le voyaient taciturne, songeur,
effacé et se tenant toujours loin des gens. Alexis ne participait presque jamais à sa nouvelle vie familiale et préférait de beaucoup vivre aux bâtiments avec les animaux.

C'est du châssis du sud que Diana préférait regarder le paysage. De cet endroit, elle pouvait voir la maison paternelle dans le sixième rang, entourée de bâtiments, de vallons et de collines. Diana pouvait aussi voir la sucrerie avec sa cabane à sucre, délavée par le temps, et sa cheminée de bois, servant à évacuer la vapeur. Elle passait de longs moments à cette fenêtre qui lui apportait tant de joie. Ne voyait-elle pas non plus le beau village de Saint-Cyrille, agglomération de pittoresques et jolies maisons groupées autour de l'église en bois qu'il faudrait bientôt démolir pour faire place à un temple plus grand et plus moderne afin d'accommoder une population grandissante !

Vues d'en haut, les fumées s'échappant des cheminées des maisons donnaient un air mystique au village. La perspective qu'offrait cette fenêtre apportait d'immenses plaisirs à Diana. De cette butte où était construite la maison des Caron, on pouvait voir et apprécier la très belle vallée où sillonnait une rivière d'une richesse inouïe, d'ailleurs surnommée le « bras riche ».

C'était une rivière providence qui descendait en cascades des montagnes, serpentant collines et forêts et y transportant sa richesse. Lorsqu'elle décidait de se reposer dans cette vallée bénie des Dieux, elle devenait alors paisible et calme, remplie de promesses pour les fermiers qui allaient y pêcher. Jamais elle n'a menti ou désappointé ses riverains. Mais lorsque le printemps s'annonçait et que les amoncellements de neige dans les montagnes s'évanouissaient par le soleil ardent et le vent du sud, tout le paysage changeait : elle décidait d'y rester à demeure pour une semaine ou plus.

Diana ne pouvait rester longtemps à la fenêtre du

sud. Le temps de la rêverie passé, il lui fallait se changer pour aller faire le train. Alexis se trouvait déjà à l'étable, attachant les vaches qui rentraient des pâturages. Wilfrid, pour sa part, finissait sa pagée dans le haut du rang; il s'arrêtait quelques fois laissant sa masse de bois à ses pieds, levant son avant-bras droit pour essuyer son front mouillé par l'effort. Même si la fin de l'après-midi se prolongeait et que son travail lui demandait beaucoup d'efforts, il ne cessait de lever les yeux et de regarder vers l'orée du bois où une odeur de fraîcheur venait fouetter doucement son corps fatigué. Car il le savait bien, c'était le temps préféré des animaux sauvages pour manger et boire. Ils se montraient à la bordure du bois, restant dans la forêt durant les chaudes journées de fin de printemps.

C'est dans ces moments-là qu'il connaissait l'extase du mariage de l'homme avec la nature; sa respiration ralentissait et une sensation de bien-être incroyable l'envahissait. Ces animaux sauvages étaient le complément de la vie pour cet homme, lui permettant de se nourrir, de faire le cuir pour les chaussures et de suffire au manque de nourriture durant les longs mois d'hiver. Il dut se secouer pour sortir de sa torpeur; les maringouins et les mouches noires lui dévoraient les avant-bras, il fit deux pas en arrière et déposa sa masse sur un tas de pieux longeant les pagées. La journée avait été longue, il décida de rentrer. Il marchait d'un pas lourd, sur un chemin que les vaches avaient tapé et foulé tant de fois. La vue des bâtiments lui donnait du courage car la faim le tenaillait.

À l'étable, le bruit du lait qui coulait dans le sceau de bois que Diana tenait serré entre ses jambes brisait la monotonie. Alexis continuait à ramasser le fumier des beaux chevaux d'attelage qui faisaient l'honneur de Wilfrid et qui étaient aussi les rois de la place. Ces animaux prenaient en effet beaucoup d'espace dans cette partie de l'étable et semblaient toucher le plafond, tant ils étaient majestueux.

Après avoir trait trois vaches, Diana se leva et fit quelques pas pour délier son dos meurtri par la position difficile ; le petit banc à trois pieds était inconfortable et toujours en déséquilibre sur le plancher rugueux. Elle porta à son dos ses mains engourdies par tant de gestes répétés et croisa soudainement le regard de son oncle Alexis qui sitôt tourna les yeux vers son travail.

Diana s'interrogeait et s'inquiétait parfois des habitudes de son oncle ; elle le sentait et le voyait bien différent de tous les gens qu'elle côtoyait. Faisant quelques pas vers la porte, elle revint traire les deux dernières vaches ; elle était d'avis que cinq vaches, c'était beaucoup d'ouvrage. Elle l'avait dit bien haut à son mari maintes et maintes fois, mais ces vaches à lait étaient la fierté de Wilfrid et une richesse rare dans le canton.

Portant ses deux sceaux, Diana s'avança dans l'allée qui la conduisait vers la porte. Rendue à l'extérieur, la senteur des avant-soirs d'été lui fit prendre une grande respiration. Elle tourna un peu la tête lorsque l'Angélus sonna aux quatre vents, les cloches tintaient et leur chant se promenait à travers les monts et les vallées.

Ce soleil de fin de jour donnait une couleur ocre au toit en bardeaux de la maison ce qui contrastait étrangement avec les planches des murs blanchies à la chaux. Diana n'avait fait que quelques pas, lorsqu'elle vit Wilfrid, son mari bien aimé, s'avançant par le chemin du rang, route de terre battue qui serpentait le cinquième rang et qui séparait les terres en deux. Ses bras fatigués par la charge des sceaux de lait se firent plus légers, son pas s'accentua.

C'était toujours une grande joie de voir son homme ; cette harmonie de leurs personnalités leur était d'une grande force car ils étaient encore tous les deux très jeunes. Les premiers mois de leur mariage ne ressemblaient pas au paradis car ils affrontaient une grosse corvée. La vie sur la terre n'était pas facile mais le courage ne leur manquait pas.

Faisant ensemble le reste du chemin qui menait à la maison, ils échangèrent les propos coutumiers. Cette chaude journée leur avait tourné les sangs et dans leurs yeux étincelaient les attentes de leurs ébats amoureux. La brise qui soufflait doucement du sud harmonisait l'union du couple avec la nature et les bonheurs des enlacements des corps, dans la continuité de la création. Mais Diana dut bien vite reprendre ses sens, la préparation du souper l'attendait et il fallait nourrir ces corps épuisés par tant d'ardeur.

Alexis se présenta en retard à la table négligeant toujours de se laver les mains. La soupe était déjà mangée, seul son bol en granit gris l'attendait. Le potage ne fumait plus et il s'était refroidi ; pourtant, à peine assis, Alexis avait presque tout dévoré.

Tandis que Diana tournait autour du poêle, Wilfrid jeta un regard sur la boîte à bois qui semblait vide. Le feu ne devait pas diminuer, Diana tenait en effet à ce que son rôti de lard, qu'elle avait mis au feu dans l'après-midi, soit bien cuit. Wilfrid se leva, sortit par le bas-côté et ramassa quelques pièces de bois fendus très minces afin d'alimenter le feu ; mais se faisant, il n'avait qu'une idée en tête, se retrouver devant la porte entrouverte pour essayer de voir au loin dans la coulée, la sortie des chevreuils. Son regard parcourait la vallée lorsque Diana cria ; « On mange », car elle était déjà en train de servir. Wilfrid rentra les bras chargés de fines bûches pour attiser le poêle, mais Diana avait vu qu'il voulait traîner alors le bois allait servir pour le lendemain.

On parla peu à la table, le soulagement de pouvoir se rassasier comblait les longs silences. Déjà, le soleil disparaissait derrière la montagne du lac de vase. Quelques oiseaux continuaient de chanter, le velouté et les caresses des parfums de fin de soirée imprégnaient la maison aux fenêtres grandes ouvertes, apaisant le corps et l'esprit, contribuant à amener la détente et à préparer la nuit.

Les semaines s'écoulèrent rapidement et on se retrouva bientôt en plein cœur de l'été, la saison préférée d'Alexis, car il avait un peu de temps devant lui pour aller pêcher la truite au « bras riche ». Celui-ci s'était d'ailleurs attribué un territoire de pêche, vis-à-vis la terre de son neveu. Lorsqu'il pêchait, Alexis entrait dans une extase telle qu'il s'évadait dans un monde imaginaire ; il se donnait alors l'impression d'être accroché entre le ciel et la terre. C'était dans son esprit, son domaine, sa richesse et son corps mystique ; plus rien ne l'atteignait, et il parvenait à atteindre des bonheurs jamais égalés dans sa condition humaine.

Tout autour de lui touchait le plus profond de son être, surtout l'eau qui ne bougeait pas, que l'on nommait « eau morte » et que parfois faisait remuer la truite cherchant sa nourriture. Cette eau donnait aussi une impression de grande profondeur par sa couleur marine noire, contrastant énormément avec les longues herbes vertes qui bordaient la rivière, apportant de l'ombre et gardant la fraîcheur.

Dans les champs tout autour, un léger vent faisait onduler l'herbe haute déjà prête pour la moisson. On y voyait de toutes les couleurs, les fleurs d'été se mêlaient dans cette vague de foin follet offrant un tableau d'une beauté inimaginable; on y sentait dans ces instants, une odeur et un parfum de début du monde.

Un arpent plus loin, en levant les yeux, on distinguait une ligne d'un vert profond et aurait dit un rempart menaçant. Là se trouvait la sapinière des « Cina », une forêt très compacte où personne n'osait pénétrer.

Cette sapinière existait depuis quelques générations. Les Fortin « Cina » vivaient de la générosité de la forêt et, étrangement, ils étaient des gens très renfermés dont la forêt complétait la personnalité, car jamais ils ne faisaient face aux gens autour d'eux ni ne les regardaient.

Lorsque Alexis avait attrapé sa demi-douzaine de truites; cela lui suffisait: il en aurait assez pour le souper de la maisonnée. Ces gens de terre et forêt respectaient la nature, ne la bousculant pas, sachant que demain il fallait aussi se nourrir.

Se retournant alors, dos à la rivière, il tira de sa poche « d'overhall » son couteau de poche fabriqué par le forgeron du village, d'un geste nerveux, il vida les poisons et leur coupa la tête. Coupant aussi des herbes fraîches et mouillées, il y mit les truites, les gardant ainsi aux frais. Alors, il marcha lentement vers les bâtiments.

Environ 1910: Diana Hunter, Wilfrid Caron et la petite Lalâ (Athala)

CHAPITRE II

L'été s'achève sur une très bonne récolte

*L*ES JOURS ET LES SEMAINES passèrent rapidement, l'été tira sur sa fin et la récolte fut très bonne cette année-là contrastant avec la froidure et la pluie de l'été précédent.

Alexis et Wilfrid bêchaient sans arrêt, du matin au soir. Les sillons du champ de patates émerveillaient, tant la terre avait été généreuse. Diana suivait les hommes avec des sceaux, ramassant les plus grosses patates pour la maison et les petites pour nourrir les cochons de boucherie ; parfois les travailleurs étaient distraits par les volées d'outardes qui cacassaient en rang serré, se diri-geant vers la Côte-du-Sud, précurseurs de l'automne qui s'annonçait en cette fin de septembre.

Tôt le matin, on étendait les patates sur le chemin longeant la maison pour les faire sécher. Alexis, d'une force herculéenne, transportait les quarts de bois bien remplis, comme si ceux-ci avaient été vides. La nature l'avait comblé d'une bonne musculature.

On préparait ainsi la longue saison d'hiver : le foin se

trouvait engrangé et le champ d'avoine avait été fauché. Lorsqu'une grosse gelée matinale surviendrait, on le rentrerait dans la grange pour le battre aux jours de pluie automnale.

Diana ne restait pas inactive car son jardin de légumes, qui la rendait bien fière, longeait tout le côté sud de la maison. Elle y passait beaucoup de temps et ses efforts étaient grandement récompensés. Il lui semblait que cette année-là, son jardin la comblait plus que jamais.

Mais en cette fin d'année de 1901, elle gardait jalousement un grand secret: elle était enceinte. Sa joie se manifestait, elle chantait plus souvent les soirs de veillée et son doux sourire lui donnait des airs angéliques. Elle aurait l'enfant, si tout allait bien, et si Dieu le voulait, en l'an 1902. Mais sa joie était aussi cousue d'appréhensions, elle n'avait pas encore connu de désappointement, mais elle sentait que cette fois-ci, ce pourrait être différent.

Depuis quelque temps, les hommes ne parlaient que de chantier. Le gibier qui pendait dans le hangar transformait leurs regards et leur donnait des airs de guerriers. Bien que la porte fût fermée, les planches tordues montraient des fentes qui laissaient passer les odeurs de fenaison.

Un soir, les voisins vinrent pour la veillée. Wilfrid, en mettant sans arrêt des bûches dans le poêle, manifestait une nervosité. En effet, il lui fallait organiser les boucheries dans les jours suivants. Il était fier de ses talents, car on peut le dire, il était le meilleur saigneur de cochons du canton. Mais dans son for intérieur cette activité l'embarrassait beaucoup. Il détestait cette corvée qui lui donnait des nausées, et c'est à cette pensée qu'il sortit le flacon de gin car le cérémonial était commencé. Les boucheries dans les cantons faisaient partie d'un rite sacré. On y mélangeait la bravoure, le défi et la fierté. Pour savoir qui aurait le plus bel animal, le plus gros et le plus gras, on se gonflait l'estomac et on élevait la voix. Même chose quand il fallait décider lequel pourrait le mieux maîtriser l'animal afin de le tenir immobile pour l'ultime sacrifice.

L'odeur du sang jaillissant de partout rendait les hommes plus agressifs que les bêtes. Heureusement, les boucheries terminées, on se rinçait la gorge d'une rasade de gros gin qui calmait les sangs et ramenait l'esprit à des conditions plus humaines.

Les femmes à la maison étaient beaucoup plus perturbées. La corvée des boucheries ne leur plaisait guère et toute cette extirpation d'abats, de sang et d'entrailles les rendait nauséeuses.

Les femmes parlaient plutôt de tricotage, de filage et de tissage et de tous ces travaux qu'il faudrait accomplir dans le courant de l'hiver. Diana s'interrogeait car il n'y avait qu'un métier à tisser dans la paroisse et il était continuellement occupé. Avant qu'il ne soit disponible pour le cinquième rang, cela prendrait belle lurette, et il ne fallait pas oublier qu'un métier à tisser, c'était comme un chemin de la croix.

Lorsque le métier se trouvait dans une section de la paroisse, presque toutes les maisons s'en servaient ; les artisanes le suivaient comme un seigneur, le filetant, l'embobinant, ne le laissant presque jamais, comme un amant. De plus, toutes les confidences et les ragots circulaient autour du métier à tisser et même parfois la sorcellerie, car intérieurement, chacune avait son loup-garou.

La journée se terminait par le dernier rite. Les femmes, après l'avoir bien brassé, faisaient cuire en mijotant le sang de porc, une recette dont elles seules détenaient les secrets. Servi au souper, il faisait les délices de tous. La journée était consacrée, car le corps et l'esprit avaient communié du travail des humains. Il faisait bien noir maintenant, le vent du nordet soufflait, annonçant la neige. Elle viendrait la bordée de Notre-Dame, tout serait alors purifié, la blancheur de la neige couvrirait de sa pureté, l'œuvre de Dieu et des hommes.

CHAPITRE III

Un long hiver en perspective

L E LENDEMAIN AU MATIN, tout était calme, rien ne bougeait autour des bâtiments, le ciel était d'un bleu glacial et le soleil faisait briller des milliers d'étoiles sur la neige. Wilfrid regarda par la fenêtre et réalisa que la nature avait tranché et qu'en quelques heures, on était passé d'une saison à une autre. Il s'assit à la table et finit sa tasse de thé. Diana était bien lasse ce matin, son état l'avait contrainte à de fortes tâches la veille, et elle avait quelques nausées. Elle buvait un peu d'eau chaude, assise emmitouflée dans son châle de laine, près du poêle. La naissance du bébé à la fin du printemps l'inquiétait, mais sa grande hantise, et elle le sentait fortement en regardant son mari qu'elle adorait, provenait surtout du départ prochain des hommes pour les chantiers. Car ce temps était arrivé maintenant et c'est pour cela aussi qu'elle détestait l'hiver. La perspective de la solitude la rendait triste et craintive. Wilfrid devina les appréhensions de sa femme, il s'avança vers le poêle et lui mit la main sur l'épaule. Toute l'énergie du corps de l'homme se communiqua à sa femme, la calmant. Elle lui sourit. Pas un mot n'était sorti de leurs bouches et la magie de l'amour avait fait son œuvre.

Alexis avait transporté de gros coffres en bois dans le haut côté et il était rouge d'effort et de froid. Wilfrid coupait et dépeçait les porcs tués l'avant-veille, morceau par morceau; il en remplissait les coffres, négligeant parfois de démêler les parties. Mais ce n'était que pour les chantiers et le « cook » s'arrangerait avec cela.

Diana de son côté était montée dans le grenier, ouvrant aussi de grands coffres. Elle en sortait les vêtements chauds, les culottes d'étoffe, les combinaisons de laine du pays, ainsi que des chaudes mitaines tricotées l'hiver d'avant. Il fallait garder ses hommes au chaud, les chantiers étaient durs à vivre et les bûcherons devaient subir toutes les contraintes de la température. Diana monta et descendit à plusieurs reprises dans l'échelle, les bras remplis de vêtements et de couvertures. Son dos en courbait, tant la charge était lourde.

Le lendemain dans le bas-côté, les hommes finissaient de remplir les coffres de viande : deux pour les chantiers et un pour la maison. Les sacs de farine se mêlaient aux poches de sucre, à la cassonade et au sucre du pays. Des chaudières de graisse étaient déposées à côté des quarts de lard salés sur le plancher, et appuyés sur les murs, des crochets, des scies, un godendard et des tas éparpillés ici et là de mitaines et de bottes en cuir. L'après-midi avançait et ils étaient pratiquement prêts pour le grand départ du lendemain.

Pour Alexis, il lui fallait retourner à l'étable afin d'étriller les chevaux. Il avait bien hâte de partir, car les travaux autour de la maison et les personnes trop nombreuses près de lui le rendait nerveux et mal à l'aise. L'étable où il régnait était son royaume, sa planète et son univers. Lorsqu'il y pénétrait, en lui montait une chaleur intérieure coulant dans ses artères.

Le matin suivant, les hommes partirent pour le chantier.

L'automne passa et l'hiver avec ses sombres mois de novembre et décembre était aux portes. Le vent saroit faisait de gros bancs de neige entre les bâtiments ce qui rendait très pénible le trajet vers l'étable où il fallait faire le train; on aurait dit un détroit de mer qu'il fallait traverser. L'eau était gelée à l'étable, et c'était bien dommage. Comme elle venait par gravité de la source au nord de la grange et qu'on négligeait de mettre les tuyaux de bois à bonne profondeur, le gel l'atteignait facilement.

À tous les jours, Diana transportait ses sceaux d'eau pour les cinq vaches et les deux taures. C'était peu pour ces animaux, mais ils étaient inactifs l'hiver, attachés durant au moins cinq mois. Diana trouva l'étable bien triste cet hiver-là. Le taureau avait été tué pour les boucheries et son départ rendait l'étable plus froide; elle y sentait un grand vide, c'était comme son lit sans son homme. Ce n'était pas parce qu'elle était une femme trop passionnée, mais la chaleur du corps de son mari lui manquait beaucoup. Pendant qu'elle lançait une fourchée de foin, elle ragea contre l'étable qui était aussi glaciale que son lit.

Le temps de l'Avent avait fait maigrir Diana. Elle s'ennuyait beaucoup et s'imposait de fortes restrictions alimentaires pour purger son âme, ne mangeant de viande ni le mercredi ni le vendredi, jours interdits par l'Église. Il fallait faire pénitence pour la naissance du Sauveur : priver les corps pour élever les âmes.

Mais voilà qu'avant Noël, une terrible tempête, d'une intensité peu commune frappa la région. Les vents soufflaient jour et nuit, sans arrêt. Depuis deux jours, on n'y voyait plus rien et c'était déjà le 24 décembre au matin.

Diana n'avait presque pas dormi de la nuit, aussi se leva-t-elle tôt. Elle chauffait son poêle sans arrêt, mais le vent fort ne lui permettait pas de réchauffer la maison. De ses yeux rougis coulaient des larmes qui faisaient des sillons sur son teint pâle ; elle sentait qu'elle ne pourrait tenir bien longtemps. N'ayant pu aller à l'étable depuis deux jours, elle se culpabilisait. Elle parvenait à réchauffer ses mains mais ses pieds étaient de glace, et elle commençait à s'abandonner à son destin, appuyée au poêle, qui ne parvenait pas à la réconforter.

On cognait depuis une minute à la porte. Diana, ayant peine à sortir de sa torpeur, redressa soudainement la tête : un tout jeune homme se tenait à ses côtés. N'ayant pas de réponse et craignant des problèmes pour sa tante, Armand était entré dans la maison. Le jeune garçon, malgré ses 11 ans, était bien constitué. Il avança la chaise berçante de sa tante plus près du poêle et alla aussitôt dans le bas-côté chercher du bois et des écorces de bouleaux. Il mit sur le poêle une petite chaudière de métal qui laissait s'échapper un peu de vapeur. Cela venait de sa mère qui avait envoyé une soupe aux os de bœuf. Ensuite, il prit une couverture et enveloppa les jambes de sa tante. Les écorces de bouleaux avaient activé le poêle ; après s'être dégrayé, il mit son manteau sur une chaise.

Apportant ensuite une cuillère de bois et le plat de soupe auprès de Diana, il la regarda bien dans les yeux pour lui faire comprendre qu'il fallait qu'elle mange un peu. Il était déjà là depuis une demi-heure et ni l'un ni l'autre n'avaient dit un mot. Le moment n'était pas opportun, la tempête qui n'en finissait plus avait tout glacé, même les cordes vocales.

Diana finit par manger sa soupe, et essuya ses yeux qui ne coulaient plus avec son tablier. La vie reprenait dans son doux visage et ses beaux cheveux blonds y mettaient un peu de soleil. Elle appréciait beaucoup l'aide et de la générosité de son neveu.

Ensuite, Diana se leva et se dirigea vers la fenêtre du sud grattant de ses ongles la vitre glacée, pour essayer de voir la grange. Son neveu comprit qu'elle s'inquiétait pour ses animaux. Après avoir mis d'autres bûches dans le poêle, il vit un immense banc de neige qui partait presque du toit de la maison et se dirigeait comme la proue d'un navire vers les bâtiments. À dix heures, la tempête n'avait pas perdu de son intensité. Diana retourna vers sa chaise berçante près du poêle et se remit à pleurer. Son neveu en fut bouleversé car il ne savait plus quel geste poser. Faisant quelques pas, il installa sa chaise près de sa tante, et la regardant, il s'exclama : « Tante Diana, pourquoi pleurez-vous, je suis là ! » Diana se tournant la tête, dit d'une voix sanglotante : « Mais les autres, les gens des chantiers ne sont pas là, demain c'est Noël, comment vont-ils descendre des concessions, avec ce temps de chien ? » Armand en resta bouche bée, en quelques mots, il venait de comprendre les craintes et le désespoir de la nature humaine. Sans arrière-pensée, il plaça sa main sur l'épaule de sa tante. Ce geste de tendresse de la part d'Armand réussit à produire le miracle : Diana sourit et regarda son neveu avec affection.

La chaleur du poêle était plus constante maintenant et le vent avait diminué. La neige ne tombait plus que par intervalles et un soleil à peine perceptible, voilé de nuages et de nuées de neige, fit son apparition. Diana, retrouvait peu à peu son énergie et se remit à parler. Se tournant brusquement vers son neveu, elle lui demanda : « Crois-tu que ton père pourra descendre des chantiers pour Noël ? » Armand ne répondit pas, il baissa la tête et dit à sa tante : « Je vais tenter de me rendre à l'étable ». Elle ne répondit pas, mais connaissant le courage de son neveu, elle l'aida à mettre sa crémone autour de son cou. Elle lui tint la porte et il partit vers les bâtiments. Armand avait tenté de déblayer le perron, mais inutilement car le vent avait fait un mur de neige. Il décida de se rendre par le bas-côté. La porte d'entredeux grinça fortement et Armand ne parvenait plus à la refermer ; mais il était très fort pour son jeune âge et il y réussit d'un coup d'épaule. C'est avec difficulté qu'il poussa la porte extérieure, la neige s'y étant accumulée en grande quantité. De-là, il pourrait, pensait-il, se frayer un chemin afin d'escalader cette montagne de neige durcie par le vent. Parvenu en haut du banc de neige, une vue extraordinaire l'attendait. Il ne bougeait pas. Son pied droit un peu en avant, la tête bien haute, son casque presque sur les yeux et la main gauche appuyée sur la poignée de la pelle, il se sentait comme le conquérant immortalisé en monument !

La dentelle et les lames qu'avait fabriqué le vent avec la neige étaient des œuvres d'art d'une beauté rarement égalée par une main d'artiste. La vision du vainqueur de la guerre ne dura pas longtemps; il descendit de son piédestal et se dirigea vers l'étable.

Armand déblaya la porte et parvint enfin à entrer. Ses mains étaient mouillées et ses pieds glacés. Il apprécia la chaleur de l'étable si minime fut-elle. L'abondance de la neige avait pratiquement enterré les bâtiments, seul le haut de la grange avait été épargné. Dans l'étable, rien n'avait bougé! Mais les animaux devinrent nerveux à la vue d'un humain. Armand comprit qu'il était le bienvenu, il leur donna quelques tapes caressantes et repartit rapidement vers la maison chercher de l'eau. Cela devenait urgent, même le beuglement des vaches était enroué, leur gorge était de feu, déshydratée par la sécheresse. Il revint plusieurs fois à l'étable, ne négligeant jamais de faire un arrêt sur le haut du banc de neige; cela le stimulait de se retrouver au sommet, plus haut que les bâtiments : il y voyait toutes les choses terrestres, et d'en haut, cela lui donnait l'impression de toucher le ciel.

L'angélus sonna, brisant la sérénité de ce splendide désert blanc. Il revint vers la maison de sa tante pour la saluer, avant de repartir chez lui. Diana voulut lui donner un morceau de gâteau qu'elle avait fait quelques jours auparavant, mais comme il avait hâte d'aller jouer avec ses frères et sœurs, elle le laissa aller bien vite.

La visite d'Armand avait redonné du courage à Diana; elle reprenait espoir, rien ne l'arrêterait maintenant. Les hommes descendraient sûrement pour la nuit de Noël et le temps des fêtes car ils avaient besoin d'un congé bien mérité.

La maison commençait à se réchauffer à présent et l'énergie recommençait à circuler dans son corps, contribuant à relever son moral. Elle se dirigea vers le bas-côté pour apporter à dégeler toutes ces bonnes choses qu'elle avait préparées durant les longues semaines de l'Avent. Elle était fière d'elle. Elle avait fait des pâtés de viande, des tourtières, du rôti de porc, de la graisse de rôti, des cretons, de la tête à fromage, du ragoût de pattes de cochons, du bœuf à la mode ainsi que de nombreuses tartes aux fruitages d'été cueillis dans ses temps libres de la belle saison.

La tradition voulait que le temps des Fêtes commence à Noël avec la célébration très religieuse de la nativité, pour ensuite durer jusqu'à la Fête des Rois, le 6 janvier. Dans leur profonde croyance, ils célébraient la lumière de la vie, l'hymne à la joie et la fête de l'amour.

Depuis une heure Diana regardait par la fenêtre du saroit, afin d'y voir venir une voiture quelconque, mais rien n'avait bougé depuis le matin. Les longues balises faites de bois d'aulnes, marquaient le chemin du cinquième rang, mais des bancs de neige avaient barré le chemin. Le vent faisait tournoyer la poudreuse créant ainsi des lames de neige ressemblant à une mer en furie.

Diana se dirigea vers la porte et enfila des vêtements chauds; puis elle alla vers le fourneau du haut du poêle, y prit des pommes qu'elle avait fait réchauffer, et les emportant, se rendit à l'étable. Elle n'avait pas oublié que ses bêtes avaient été laissées à elles-mêmes pendant deux jours. C'était une personne très généreuse qui n'aimait pas la souffrance. Ce fut un véritable concert lorsqu'elle entra dans l'étable. Cet accueil lui fit du bien. Elle donna des pommes aux bêtes et les nourrit de fourrage venant des tasseries. Elle n'eut pas la force d'enlever le fumier, gardant toujours l'espoir de voir arriver ses hommes. D'ailleurs, elle n'avait plus le goût, elle méritait un peu de repos, le travail de la maison lui suffirait durant le temps des Fêtes.

Son neveu avait apporté suffisamment d'eau et elle fut très satisfaite de voir l'étable sous contrôle ; se frottant les mains pour en activer le sang, elle remit ses mitaines pour rentrer à la maison. Dans son état, les amoncellements de neige étaient très pénibles à contourner.

Elle fut saisie de frayeur, lorsque parvenue à l'extérieur, un fort vent saroit fit se soulever une poudrerie à ne voir ni ciel, ni terre. Rendue à la maison, elle fut prise de terreur, les hommes des chantiers pourraient-ils descendre ? Diana marchait autour de la table remplie de victuailles, sans même les apercevoir. Son moral était au plus bas et sachant que déjà la noirceur tombait, elle n'y broyait que du noir. Après avoir fait une grosse attisée, elle prit son chapelet et s'assit dans la chaise berçante près du poêle, son châle sur ses épaules. Égrainant son chapelet sans arrêt, elle tomba soudainement dans une sorte de léthargie, et elle s'endormit enfin.

Cette femme de la terre avait tout donné depuis deux jours. Son corps et son âme avaient subi de fortes pressions tant physiques que morales. La douce chaleur du poêle finit par l'apaiser : sa respiration se ralentit peu à peu, son chapelet tomba sur ses genoux et elle réussit à se détendre tranquillement mais son subconscient restait éveillé, tissant une toile d'araignée très complexe, la transportant dans un rêve.

Elle se voyait près de la Vierge, portant son nouveauné dans ses bras. Le corps de l'enfant dégageait de la chaleur. La Vierge, d'une beauté indescriptible, toute de bleu vêtue, le visage d'une douceur infinie tenait ses mains, d'une blancheur immaculée, ouvertes. Elle demanda à la jeune mère de lui donner son enfant. Les deux femmes ne bougeaient pas. Quel sacrifice demandé à la femme de la terre et quel cadeau pour la mère de Dieu! Soudain, des nuées d'anges les entourèrent et la voix du Seigneur dit: « Femmes de la terre et du ciel, vous m'avez offert cet enfant; que vos entrailles soient bénies. » Tout à coup, l'enfant disparut.

Diana se réveilla en sueurs, elle se toucha le ventre pour tenter de voir si son enfant était encore là; elle regarda tout autour et se mémorisant son rêve, se mit à pleurer. La chaleur du poêle avait diminué, ses jambes engourdies, l'empêchait de se lever. On cogna durement à la porte, Diana sursauta et cria d'entrer. Sa belle-sœur Joséphine était là tremblante de froid, avec son petit dernier de 18 mois; son dévouement habituel la portait à ne pas laisser sa belle-sœur, et aussi sa grande amie, seule la nuit de Noël. Elle avait bien chauffé son poêle, couché ses deux autres enfants et avait donné la responsabilité à Armand, son aîné, d'ailleurs très mature pour son âge, la corvée de surveiller la maison pour la nuit. Alors elles s'assirent toutes deux près du poêle, son plus jeune dormant sur le lit de Diana. Le vent à l'extérieur diminuait et le ciel brillait de mille étoiles, la pleine lune était d'une telle grosseur qu'on aurait pu croire qu'elle rejoindrait la terre durant la nuit! Tout baignait dans la sérénité, le silence et la douceur pour cette nuit de Noël.

Tout à coup, on entendit les clochettes des attelages de chevaux; les Fortin du bas de la côte avait décidé d'ouvrir le chemin pour permettre aux habitants du cinquième, de se rendre à la messe de minuit. Les lourds chevaux fonçaient dans les bancs de neige, tirant une grosse « sleigh » avec une planche en travers pour aplanir le chemin et ainsi faire durcir la neige. Une vapeur s'échappait du dos des chevaux et leurs narines lançaient des jets de fumée de mer au-dessus de leur tête. Il leur fallut faire vite puisqu'il était près de neuf heures du soir et que les gens prenaient environ une heure pour se rendre au village.

À la maison des Caron, Diana et sa belle-sœur continuaient de se bercer près du poêle. Diana était bien triste, les hommes du chantier n'étant pas arrivés. Elle se faisait beaucoup de soucis imaginant les pires choses pour son Wilfrid. Sa belle-sœur Joséphine comprit son désarroi, elle essayait de lui parler des détails de la routine familiale mais Diana ne répondait pas.

Soudain, Diana décida de raconter son rêve à Joséphine qui riait aux larmes, trouvant ce rêve inimaginable et fort complexe, ce qui lui fit dire : « Tu es bien chanceuse de rêver à la Vierge, aux anges et à Dieu, moi mes rêves, Diana, sont troublants et me bouleversent de tout mon être »... et gardant un moment de silence, elle ajouta qu'elle se voyait toujours avec ce bel homme portant de beaux habits noirs, sa figure d'une blancheur éclatante sans la moindre barbe, qui l'enlaçait de ses bras et lui disait des mots d'une grande douceur. Il la faisait danser dans les harmonies des plus beaux quadrille, soudain, le chapelet de Diana tomba par terre, Joséphine arrêta de parler ! Elle fut étonnée de voir sa belle-sœur toute bouleversée. Elle se leva pour attiser le poêle et tout à coup, Diana se mit à rire aux éclats. Joséphine en fit autant et elles décidèrent de se préparer une tasse de thé.

L'horloge sonna les onze heures. Elles se levèrent pour se préparer pour la nuit. Diana mit de grosses bûches dans le poêle, si grosses, qu'elle en avait même de la difficulté à remettre les ronds en place. Elle tira bien la clé du tuyau pour garder ainsi le plus de chaleur possible et rendre la maison confortable.

S'agenouillant et appuyant leurs avant-bras aux dos de leur chaise, elles se mirent à réciter le chapelet. Joséphine disait les « Ave », Diana lui répondait. Tout à coup, elles entendirent les grelots des berlots ainsi que les clochettes des attelages de chevaux. Les voisins du rang d'en haut descendaient à la messe de minuits au village. Les « Ave » de l'intérieur de la maison se mêlaient harmonieusement au son des clochettes venant de l'extérieur, portant ainsi en allégresse, les hommages et les prières des femmes de la terre à Marie, la mère du Sauveur. Péniblement, Diana se releva la dernière, rangea sa chaise près de la table et se dirigea en compagnie de Joséphine vers la chambre où elles se couchèrent pour la nuit.

Le crépitement du feu dans le poêle se mélangeait aux craquements secs et cassants des clous du toit du grenier, dans le froid intense de la nuit. Les yeux des deux femmes se fermèrent de fatigue, mais avant que le sommeil ne les envahisse complètement, elles purent entendre au loin les cloches de l'église sonnant à pleine volée dans la nuit de Noël. Diana avait le cœur bien gros, mais le sommeil la gagna. La journée l'avait épuisée. Elles s'endormirent toutes les deux, et dans leur profond sommeil, n'entendirent pas les gens revenir du village après la messe de minuit.

Là-bas pourtant, l'activité était grande, tous les gens de la paroisse se dirigeaient vers le village en carriole, en sleigh à patins ou en berlot en faisant un concert avec leurs clochettes et leurs grelots et dans le ciel étoilé de la nuit montait une symphonie que nul compositeur n'aurait pu créer. La lune, témoin, assistait à ce grand spectacle, éclairant chaque mouvement des terriens.

Arrivés à l'église, les chevaux étaient placés en rangée et leurs dos couverts des peaux de carrioles. Les bêtes faisaient monter une vapeur le long du mur de l'église, donnant au temple de Dieu une atmosphère encore plus mystique. Les habitants s'engouffraient dans l'église par les portes latérales, emmitouflés de fourrures et d'étoffes, le cou enveloppé de longs foulards de laine appelés «crémone». À l'intérieur, régnaient des odeurs de cierges, d'étables et d'étoffes du pays; les fidèles parvenaient à se serrer dans les bancs de bois, craquant sous leur poids. Les jeunes gens se tenaient debout à l'arrière de l'église, ce qui leur permettait de reluquer les plus belles filles de la paroisse.

Les paroissiens plus pauvres étaient au jubé. Le silence se généralisait, car minuit allait bientôt sonner; les servants de messe allumèrent toutes les lampes à l'huile du sanctuaire; le souffleur d'orgue était prêt. Cyprien avait déjà la bouche ouverte, prêt à entonner le « Minuit Chrétien ».

Le célébrant ainsi que Monsieur le Curé apparurent, ce dernier portant l'Enfant Jésus entre ses mains comme s'il l'avait enlevé des bras de Marie. La procession s'ébranla, et l'on amena l'Enfant Dieu à la crèche dans son berceau.

Le cortège se dirigea ensuite vers le maître-autel, ce qui remplit le sanctuaire de formes blanches se mouvant comme des anges autour du célébrant. S'étant malheureusement étouffé dès les premières notes, Cyprien avait dû reprendre son « Minuit Chrétien », mais ce fut pour le mieux, car sa voix s'embellit après cet aparté.

La messe de minuit se déroulait normalement et on se remit à tousser et éternuer. Le silence était maintenant brisé, les sublimes latins du célébrant faisaient écho dans l'église entrecoupés de cantiques. Les plus belles voix de la paroisse se faisaient entendre, les visages se déridaient et l'on osait même sourire. Au prône, Monsieur le Curé remercia tous ses paroissiens d'être venus en si grand nombre ceci malgré l'état des chemins après la tempête. Moi-même, dit-il, j'ai dû pelleter. Son sermon fut bref, car il lui fallait célébrer les deux messes de l'aurore, privilège accordé seulement deux fois par année. À la communion, des lignées de paroissiens faisaient la queue pour communier des mains de Monsieur le curé et ses « Corpus Christi » étaient prononcés plus forts que d'habitude, les « Amen » fusèrent hauts et forts. À la fin de la grande messe, on baissa toutes les lampes du sanctuaire. Les deux messes de l'aurore étaient dites dans la demi-obscurité, car l'enfant Jésus s'étant endormi, il ne fallait pas le réveiller. La voix des chantres se fit plus douce, et le célébrant et son servant récitaient à voix basse l'ordinaire de la messe et quelques ronflements se faisaient entendre parfois. Les femmes s'empressaient dès lors de pousser leur homme loin des bras de Morphée.

Il est vrai que c'était un peu long, ces gens fatigués par de longs parcours dans les chemins de campagne, subissant tout à coup la chaleur à l'intérieur de l'église ; ils devaient faire beaucoup d'efforts pour rester éveillés.

La cérémonie terminée, l'église se vida peu à peu, les femmes et les enfants se rendirent à la crèche admirer l'enfant Dieu. Pendant ce temps, les hommes, debout sur le perron de l'église prenaient une bonne bouffée d'air frais, et se défiaient sur la grosseur des bancs de neige qu'ils avaient eu à pelleter. D'autres plus pressés se rendaient vers leurs traîneaux soulager des besoins plus pressants. En une longue procession, les traîneaux, les carrioles et les berlots, se rendirent sur la route, et se dirigèrent de tous les côtés de la paroisse, saluant les gens du village qui s'en retournaient à pied à la maison. Le crottin des chevaux se mélangeait à la neige et parfois roulait vers le côté du chemin. Les enfants prenaient un malin plaisir à le buter de leurs pieds.

CHAPITRE IV

Le retour des hommes du chantier

AU MATIN, dans le cinquième rang, la froidure réveilla les deux femmes. Le jeune enfant se mit à pleurer, car lui aussi avait froid. La nuit s'effaçait, et à l'est pointait déjà la clarté du jour. Diana, devant aller dans le bas-côté chercher de l'écorce de bouleaux pour rallumer le poêle, s'habilla très chaudement. Joséphine s'affairait autour de son fils afin de le calmer avant de boire son lait ; heureusement, l'eau de la bouilloire était un peu plus que tiède. Elle y mit la bouteille de lait, cela suffirait à la réchauffer un peu.

Le feu s'agitait dans le poêle, amenant un peu d'animation dans la maison. Les deux femmes regardèrent vers l'extérieur, les vitres du châssis étaient gelées. Il leur fallut gratter un peu pour y voir quelque chose. Le paysage était féerique. Les premiers rayons du soleil se reflétant sur les branches givrées des arbres créaient un spectacle exceptionnel. Le froid sec des nuits d'hiver avait transformé la neige.

Joséphine, s'inquiétant pour ses enfants, repartit rapidement vers sa maison. Diana voulut lui faire prendre une tasse de thé, mais l'eau n'avait pas eu le temps de bouillir. Sa belle-sœur, sa meilleure amie, s'était déjà habillée et, prête à partir, tenait son bébé dans ses bras. Huit arpents séparaient les deux maisons et cela équivalait à un quart de mille de marche. Rendue chez elle, Joséphine s'aperçut que le perron avait été déblayé des amoncellements de neige causés par la tempête de la veille. Aussitôt rentrée, elle fut très heureuse de voir ses enfants. Armand entretenait le poêle bien chaud, et gardait ses deux sœurs près du feu, afin qu'elles se sentent bien. Elle remarqua la nervosité d'Armand qui tournait sans cesse autour d'elle. Il lui avoua finalement qu'il n'avait pas dormi de la nuit et qu'il avait eu peur du bruit sinistre du vent d'hiver ; Joséphine mit la main sur l'épaule de son garçon et ce geste eût pour effet de l'apaiser. Elle l'assura qu'elle ferait tout en son possible pour que cette situation ne se répète plus. Puis elle tâcha de faire comprendre à son fils que sa tante Diana enceinte se trouvait seule depuis le début de l'hiver et qu'elle avait besoin d'un peu de réconfort car son état inquiétait beaucoup la famille. Elle lui dit aussi : « Toi et moi avons encore pépère et mémère près de nous et, malgré leur grand âge, ils sont encore très alertes, même s'ils sortent très peu durant l'hiver ». Et pour mieux calmer Armand, elle lui montra son petit doigt et lui prédit que les hommes descendraient sûrement des chantiers aujourd'hui.

Elle ne se trompait pas. Aux chantiers, très tôt le matin on nourrissait les chevaux, on dégageait les « bob-sleighs » en lançant la neige de tous les côtés. La tempête des jours passés avait refroidi l'ardeur de ces hommes des bois. Les deux derniers jours dans les camps étaient de trop. Aussi, en ce matin de Noël, les hommes étaient pressés de se bouger le corps et l'esprit et ils avaient bien hâte de se retrouver avec leur famille dans le pays d'en bas. Mais il fallait faire vite, les chantiers étaient à douze heures de marche du village, et les journées se faisaient courtes dans ce temps-ci de l'année. Il fallait donc qu'ils partent à l'aurore du jour.

Il fallait aussi désigner celui qui prendrait soin des chevaux et des bâtiments. Ils parlementèrent un peu. Le choix serait difficile parce que tous les hommes attendaient de se rendre dans leur famille. Le premier de l'an approchait et en bas c'était la fête et les réjouissances. Les regards se portèrent sur Alexis qui n'avait pas fondé de famille. Il ne broncha pas, ne se rendant probablement pas compte du sérieux du moment, mais Wilfrid, son neveu, connaissant bien son oncle, fit de grands gestes avec ses bras et s'opposa vivement à ce qu'Alexis reste au chantier. Les autres lui demandèrent la raison de sa protestation mais il ne voulut pas répondre, tenant mordicus à sa décision.

L'ambiance était tendue, il était près de cinq heures du matin, et il fallait faire un choix. Les hommes se regardaient dans les yeux, la tension montait. Mais soudain Zéphirin prit la parole et dit: «Moi je reste, allez, partez tous.» Alfred lui demanda ce qui lui faisait prendre cette décision, Zéphirin leur répondit qu'au mois de mars, il partirait une ou deux semaines plus tôt, et ne ferait pas la drave; sa femme attendait son douzième enfant vers cette date et il voulait être présent pour ce grand événement.

L'atmosphère se détendit, les hommes se remirent à sourire. Ils prirent les choses pêle-mêle pour se diriger vers les bobsleighs. Anthime se mit à siffler, heureux que la question ait été tranchée. Ces hommes des bois étaient bien conciliants, quelle grandeur d'âme !

Pourtant, personne n'avait remarqué le départ précipité d'Alexis vers le camp des chevaux. Bouleversé, il se tenait auprès de ses amis qu'il quittait à contrecœur. Ces animaux étaient son univers, il les comprenait et les respectait. Wilfrid vint le chercher. Il avait appris à connaître son oncle que la nature n'avait pas avantagé psychologiquement. Jamais il ne le brusquait et il tentait par tous les moyens de lui éviter les moqueries et les railleries des autres bûcherons. Il gardait continuellement un œil sur lui et connaissait son ardeur au travail. Sa grande force en faisait un très bon partenaire.

Sortant tous les deux du camp de chevaux, ils virent déjà, que plus de la moitié des hommes s'éloignait dans le chemin du lac de l'Est. Il leur fallut faire vite pour atteler la fougueuse jument et rejoindre les autres. On ne se séparait que par de courtes distances, gardant toujours l'œil sur le traîneau du devant et le traîneau derrière. La route serait longue, impraticable à bien des endroits. Par expérience, ces hommes des bois connaissaient les embûches ; aussi à chaque heure, on changeait l'équipe de tête, permettant ainsi de donner une chance aux chevaux de se détendre. Alors qu'on allait de la tête à la queue, on avançait sans arrêter trop longtemps.

La première étape était la ligne de fronteau du canton Fournier où on pouvait faire manger et reposer les chevaux. Là, pour les réchauffer, on leur mettrait de grandes couvertures de jute, doublées à l'intérieur de vieilles couvertes de laine.

On ne pourrait abreuver les chevaux qu'à demi-sceau, l'eau ne cessait de geler dans le quart sur le bobsleigh d'Alfred. Sitôt arrivés à l'arrêt, après avoir bien pris soin des bêtes, les hommes allumèrent un léger feu pour faire bouillir l'eau. Un thé chaud réchaufferait les corps et éclaircirait les esprits. On se passait la miche de pain et on y mettait une tranche de lard salé et beaucoup de moutarde. Les bûcherons se racontaient des histoires avec des gestes théâtraux. La hâte de revenir à leur demeure commençait à ce faire sentir. Ces hommes sentaient déjà le sang bouillir dans leurs veines. Ils avaient été loin de la chaleur du foyer, des ébats amoureux, du contact de leur femme, et du plaisir de retrouver les enfants. Les célibataires rêvaient ardemment de voir leur blonde et plusieurs voulaient se marier dans la saison d'été.

Après un arrêt bénéfique on se remit en marche. Il passait plus que midi et le temps fuyait; la fatigue des chevaux se manifestait. Cette journée était pour ces bêtes, un effort exigeant et pénible; heureusement, ils pourraient s'abreuver à la source de la « Grappigne » dans la petite vallée avant d'escalader les dernières montagnes d'où l'on apercevrait le village au loin. Les hommes marchaient aux côtés des bobsleighs, évitant par cette mesure les engourdissements, empêchant que le gel ne gagne leurs membres rompus par la fatigue et allégeant la charge des chevaux.

Lorsque le village apparut au loin, et que les hommes virent les premières maisons des rangs, les visages s'épanouirent et l'on recommença à parler. On avait vécu de longs silences dans l'effort des derniers milles, et la traversée des montagnes avait épuisé les hommes et les bêtes. Le convoi commença à se démanteler, certains se dirigèrent vers les rangs, d'autres continuèrent vers le village. On s'envoyait des salutations avec de grands gestes de mains engourdies dans les lourdes mitaines de cuir.

La brunante annonçait déjà la fin du jour et une grande joie remplissait la campagne et le village. Quel bonheur, les gens des bois étaient descendus des chantiers ! Un élan d'ivresse envahissait les foyers. La gaieté était dans le cœur de tous, la vie renaissait et les esprits triomphaient. L'allégresse de Noël se trouvait à son comble. Ces forts gaillards de la terre et des bois embrassaient et enlaçaient leur femme et leurs enfants. C'était la fête de la vie, de la lumière, de la chaleur, de l'amour. C'était enfin les retrouvailles tant attendues.

À la maison des Caron au cinquième rang, Diana était heureuse, elle en oubliait même ses grandes peines, et l'amertume des jours précédents. Elle marchait sans arrêt autour de la table, le regard constamment posé sur son homme ; Wilfrid assis dans la chaise berçante de Diana, les yeux rougis par la soudaine chaleur, les membres fourbus par un si long trajet, entrait dans une extase de bienheureuse détente. Une grande joie l'envahissait et il se remémorait toutes les choses qui soudainement l'entouraient, prenant de longues respirations, il bénissait la vie. Alexis avait dételé le cheval. L'homme et la bête appréciaient la chaleur de l'étable. Alexis mit une grande couverture sur le dos de l'animal et lui flatta doucement la tête. Le cheval retroussa ses narines et un son étrange sortit de sa gorge. Tous appréciaient le grand repos mérité. Diana qui avait tant travaillé durant l'automne pour mijoter toutes sortes de bons plats, se fit un grand plaisir de préparer un festin ; Alexis mangeait sans arrêt, et Wilfrid appréciait les mets préparés par sa femme. Cela lui faisait bien différent de la lourde nourriture des chantiers.

CHAPITRE V

Le temps des Fêtes

LES JOURS SUIVANTS, les hommes se reposèrent. Cependant, le temps des réjouissances du premier de l'an avançait à grand pas. C'était l'époque des grandes fêtes dans les familles et aussi le temps du pardon. Il ne fallait jamais commencer la nouvelle année dans la rancune, et on s'organisait pour qu'autour des tables bien garnies, chacun se sente un peu le roi. La veille du Jour de l'an on se couchait tôt, les petits devenaient nerveux. Ils avaient pendu des bas de laine un peu partout, car au premier de l'an on les récompensait.

Cette nuit appartenait aux enfants, ils dormaient peu : le matin n'arrivait jamais assez vite. Pourtant, on ne pouvait mettre que peu de choses dans leurs bas. L'abondance était rare et les années très dures sur ces terres de misère. À part les arbres qui s'accommodaient bien aux sols argileux et rocheux, l'avoine et le blé avaient peine à pousser.

Mais la joie d'avoir quelques étrennes en ce grand jour comblait les enfants ; cela les rendait heureux et adoucissait les dures privations durant l'année. Tout ce petit monde s'énervait dans le haut du grenier, sous les combles; lequel arriverait le premier à l'escalier pour courir chercher son bas! Les cris de joie remplissaient la maison, on se bousculait et on se taquinait, qui aurait la plus grosse pomme ou la plus belle orange? Le magasin général parvenait à se procurer des oranges seulement à cette période de l'année, mais souvent il n'y en avait pas du tout; elles avaient toutes gelé, à bord des gros chars. Ces petits délices étaient donc bien appréciés.

À la maison des Caron du cinquième, on s'était levé très tôt. Wilfrid, debout à l'évier de la cuisine, se rasait en maugréant car il ne parvenait pas à tenir son rasoir aiguisé. Il avait beau le tourner dans tous les sens sur la strappe de cuir; la lame lui arrachait pratiquement la peau. Diana, souriant ne dit pas un mot et lui apporta de l'eau très chaude. Elle sentait la nervosité de son homme et voulait lui faciliter la tâche. Wilfrid savait bien qu'une dure journée l'attendait. Il leur fallait aller au sixième rang chez les parents de Diana pour la bénédiction paternelle et ensuite, après avoir laissé sa femme avec sa mère, repartir avec son beau-père et Alexis et se rendre au huitième rang chez le patriarche, Mathew. Il fallait faire tout ce trajet sans toutefois oublier d'aller à la basse messe de sept heures. C'était beaucoup demander pour une seule journée.

Mais la joie était dans les cœurs. Rencontrer la parenté au Jour de l'an et se réunir pour la bénédiction comblait tous ces gens de bonheur. L'abondance de la nourriture à cette période de l'année remplissait d'allégresse les esprits et gonflait les estomacs. On s'empiffrait de toutes sortes de bonnes choses, préparées dans le temps de l'Avent. On discutait, riait, et on se taquinait autour de la table, pendant de longues heures avant de repartir pour d'autres visites.

Dans les chemins du village et des rangs, des carrioles remplies d'adultes et d'enfants se rencontraient dans toutes les directions. On se saluait à grande volée de mains, en se souhaitant bonne et heureuse année et le paradis à la fin des jours, malgré l'éloignement. Les voix se perdaient dans le trot des chevaux et des clochettes de carrioles. Le paradis, ces gens le possédaient pour quelques heures, ils le savaient bien, et c'est pourquoi ils profitaient de tous ces beaux moments.

Dans la carriole des Caron, on jasait peu, Alexis conduisait gaillardement la jument. On s'était rendu d'abord à l'église dans la froidure matinale et voilà que maintenant l'on se dirigeait vers la maison du père Charles du sixième rang. Le vent était vif et il fallait se cacher le visage avec les crémones. Déjà neuf heures venait et l'on avait jeûné depuis la veille. Diana ne pensait qu'à manger, la faim la tiraillait. Il fallait aussi se dépêcher pour permettre à la famille de Charles de se rendre pour la grande messe de onze heures.

Sitôt arrivés chez les parents de Diana, on détela la jument en vitesse et les jeunes garçons préparèrent immédiatement l'autre cheval. En s'engouffrant dans la maison, Diana était au comble du bonheur de revoir sa famille. Tant de fois de son châssis du sud, elle avait regardé les bâtiments au loin. Son désir était enfin comblé et elle essuya quelques larmes. Mais avant d'embrasser sa mère et sa famille, elle se dirigea vers la chambre de ses parents en suivant son père comme un enfant de cœur. Arrivée près du lit, elle y déposa son manteau et regardant timidement son père, lui demanda la bénédiction. Il se tenait droit comme un juge à ses pieds, Diana, l'aînée de la famille. Levant les bras, et d'une voix grave, il prononça sa bénédiction : « Je te bénis, toi ma fille, et que tous les malentendus et rancunes nous soient pardonnés par la grâce de Dieu le père, son fils le Christ et le Saint-Esprit, Amen. » Elle se leva et ils s'embrassèrent tendrement.

Tous étaient à la joie maintenant et se souhaitaient des vœux de bonne année. Charles sortit du sideboard son flash de gros gin. On porta un toast pour la nouvelle année, les femmes préférant une *ponce*, mélange d'eau chaude, de gin et de sucre du pays. La coutume voulait que ce petit coup d'alcool aiguise l'appétit, réchauffe les cœurs et efface les mésententes du passé.

Diana ne se fit pas prier pour approcher à la table. Sa mère, Pamela, avait préparé des beans au lard et de grosses galettes à la pâte de pain que l'on appelait « Marie-Fendu » parce qu'il y avait une incision au centre pour permettre une cuisson égale. Ce nom faisait bien rire. Dans le four grand ouvert, on pouvait y voir une assiette pleine de beignes à la graisse de panne et sur le poêle, une théière remplie à ras bord de bon thé en feuilles. On se régalerait de toutes ces bonnes choses.

Charles et Pamela avaient neuf enfants et seule Diana vivait hors de la maison paternelle. Philomène, la cadette de dix-sept ans avait déjà l'allure d'une grande dame et était d'une rare beauté, malgré sa petite taille. Adélaïde toute joufflue, et d'une stature plus rondelette, ne cessait de rire et de se moquer du ventre grossi de sa sœur Diana. Phébé et Joséphine jouaient dans un coin de la maison, tandis que Rose, le bébé de la famille, attachée à sa chaise pour ne pas tomber, criait de tous ses poumons. Tout à coup, Charles qui jasait toujours avec son gendre Wilfrid, s'inquiéta du fait que les garçons et Alexis ne soient pas revenus à la maison. Wilfrid, qui prenait son deuxième gin, ne se faisait pas de souci. Charles se leva et alla vers le châssis du sud d'où il put voir les garçons et Alexis se bousculer, en revenant vers la maison. Alexis aimait bien jouer avec les garçons, cela lui donnait un goût de jeunesse, car malgré un effort ardu de sa part, la vie des adultes ne l'intéressait guère. Mais ils n'eurent que peu de temps à rester dans la maison. Le temps passait vite et il fallait atteler l'autre jument, celle de Charles, pour aller à la grande messe. Les filles étaient déjà prêtes à partir.

Pamela avait décidé de rester à la maison avec sa fille Diana. Mais à sa grande surprise Wilfrid décida aussi de ne pas y aller. Les plus jeunes de la maison, la petite Rose qui allait bientôt avoir trois ans en avril, Charles, Mathieu et Joseph ainsi que Joséphine, devaient rester, car il ne restait plus de place dans le traîneau. Tout le monde était en beauté, prêt, debout à la porte, à l'attente du berlot, qui était déjà en route vers la maison.

On se blottit dans les peaux de carrioles gardées chaudes. Soudainement Alexis remit les guides à son frère Charles et à la surprise de tous, descendit de la carriole, et se dirigea vers la maison. Charles eût beau le supplier de revenir, rien n'y fit, il ne voulut rien entendre. À son entrée dans la maison, Wilfrid, Diana et Pamela se levèrent d'un coup, très étonnés. Pamela parla la première et dit: «Alexis», pourquoi ne vas-tu pas voir ton vieux père au huitième rang? Il t'attend, tu sais, c'est le premier de l'an. Ne répondant pas, Alexis continua dans la maison et se dirigea vers la table où étaient assis les garçons.

Wilfrid courut à l'extérieur vers son beau-père qui, impatient, attendait toujours assis dans la carriole. Inquiet, il lui demanda ce qui s'était passé. « Absolument rien, lui répondit Charles, il est descendu sans dire un mot, je crois qu'il ne veut pas aller au huitième rang chez notre père. Charles partit vers le village, Joseph son plus vieux prit la place d'Alexis. Wilfrid retourna à la maison. Pamela et Diana avaient cessé de parler. Alexis au bout de la table ne parlait pas non plus. Le vent glacial qui soufflait dehors s'était répandu également à l'intérieur. Diana se leva et servit le thé chaud ; dans son for intérieur, elle le savait bien, cela abaisserait la tension et allégerait l'atmosphère de la maison. Pamela, regardait par le châssis du saroit, perdue dans le mélodrame de son beau-frère Alexis. Elle était au courant de la déchirure qui s'était produite lors du troisième mariage de son beau-père Mathew. Flore, sa femme, plus jeune que lui d'une vingtaine d'années, avait fait grand ménage dans la maison paternelle. Ayant un fort caractère et une mainmise totale sur son mari, elle était autoritaire et parfois intransigeante.

Charles, en route vers le village, maugréait et fouettait parfois sa jument afin d'apaiser sa mauvaise humeur. Il se demandait comment il pourrait affronter son père et sa belle-maman. Son père se faisait âgé et aimait beaucoup voir ses enfants pour le premier de l'an, bien que bon nombre d'entre eux soient allés s'établir bien loin de Saint-Cyrille. Charles déposa ses enfants à l'église et conversa quelque peu avec les gens qui arrivaient d'un peu partout de la paroisse. On se serrait la main en se souhaitant les meilleures choses pour l'année 1902 et surtout « le paradis à la fin de vos jours ». Joseph, son aîné n'entra pas dans l'église et manifesta le désir de se rendre avec son père au huitième rang. Il gambada un peu autour des carrioles, tandis que ses sœurs s'étaient réfugiées dans le temple. Les villageois se tournaient presque tous dans leur banc à l'arrivée de ces trois jolies filles avec des yeux de couleur de ciel, et des cheveux de rayons de soleil ; elles étaient presque uniques dans la paroisse, leur racine anglophone les différenciait de la masse en grande majorité francophone.

De plus, elles souriaient facilement et projetaient la joie de vivre et la bonne humeur autour d'elles. Certaines « Gantbières » faisaient même un signe de croix en les voyant car on les croyait habitées de désirs sataniques peu vertueux. Les jeunes filles étaient éduquées dans un milieu beaucoup plus libéral que la moyenne générale. Le protestantisme de leurs grands-parents avait fait en sorte qu'elles avaient la conscience plus élastique. Mais la société d'alors ne l'entendait pas ainsi, et aussi on se fourchait souvent la langue lorsqu'on parlait d'elles.

Sur la route conduisant au huitième rang, Charles et Joseph commençaient à être transis de froid ; mais déjà, on pouvait voir la maison de Mathew au loin. Aimé, l'aîné de la famille du troisième mariage, les avait vu venir de la côte du moulin à scie des Lord. À leur arrivée, il s'empressa de voir au cheval, et l'emmenant à l'étable, il lui mit une grande couverture sur le dos et lui donna à boire. Dans la chaleur de l'étable, il méritait un bon repos.

À la maison du patriarche, l'accueil fut réservé. On échangea les vœux d'occasion. Florine, la belle-sœur, voyait aux besoins de ses enfants qui étaient pratiquement du même âge que les enfants de Charles, le fils de son mari. Le patriarche Mathew sortit l'alcool fort et l'on prit un petit coup. La maison était encensée du fumet des viandes de gibier cuisant sur le poêle à deux ponts. Cette partie de la paroisse était un paradis pour les chasseurs et le père Mathew, malgré son âge, était un excellent tireur. On disait dans le canton qu'il avait l'œil le plus juste de la région.

Étrangement, Charles ne demanda pas la bénédiction à son père. Mathew avait grandi dans la religion protestante où cette tradition n'existait pas. Malgré sa conversion au catholicisme, il était resté influencé par son éducation et ses autres coutumes.

Florine servit une soupe aux choux bien consistante, agrémentée de viande de porc fumé, tandis que Mathew et Charles, son fils, s'informaient de leurs familles respectives. Ils auraient bien aimé être plus nombreux près du patriarche. Mais ces trois mariages successifs avaient créé des divisions et des malentendus. Charles aperçut quelques larmes qui coulaient sur les joues burinées de son père. Il sentait bien le grand vide laissé par le départ des enfants du premier mariage surtout, celui de ses belles grandes filles parties vers les États. Aussi, on changea de conversation et on se mit à parler de la construction prochaine de la nouvelle église du village.

Hélas! le temps passa vite. Aimé et son demi-neveu Joseph étaient déjà à l'étable afin de ramener le cheval et la carriole près de la maison. Le patriarche Mathew serra bien fort la main de son fils et de son petit-fils Joseph. Les deux hommes montèrent dans la carriole pour s'en retourner au village. Joseph prit les cordeaux

Environ 1907: Le père Charles Hunter et son épouse Pamela Caron

Vitaline, Malvina et Phébé Hunter, sœurs de Charles I, immigrées aux États-Unis vers 1902

«guides» tandis que son père se blottit profondément dans la carriole et bâilla en se frottant les yeux. Le gin maison avait fait son effet, le vent glacial lui fouettait son visage rougi par l'alcool. Sa tête pencha vers l'avant et il roupilla durant le parcours.

Pendant ce temps à l'église, la messe était terminée depuis 30 minutes, et il fallait prendre les filles pour retourner à la maison du nordet. Tout le monde ou à peu près, était maintenant sorti du temple. Seuls quelques retardataires continuaient à jaser sur le parvis. D'autres paroissiens attendaient dans la sacristie, lieu de rassemblement de ceux qui avaient à faire les commissions pour la semaine et qui voulaient en profiter pendant qu'ils étaient au faubourg.

Adélaïde et Phébé se tenaient près de la table, tandis que Philomène, assise courbée par en avant, était d'une pâleur de cire et frissonnait de tous ses membres. Pourtant le poêle à deux-ponts était à son plus fort, les ronds en étaient rougis et depuis le matin, on l'alimentait de grosses bûches en bois franc. Tandis que sur la route du huitième rang Joseph serrait très fort les cordeaux ; le vent poussé du nordet lui gelait les mains. Mais il s'émerveillait du paysage hivernal indescriptible qui défilaient devant ses yeux ; des millions d'étoiles de neige scintillaient dans les champs, le soleil brillait de tous ses feux et le ciel était d'une pureté inimaginable. Il lui semblait être dans un autre monde. La carriole glissait doucement sur la neige faisant de légers craquements. Le cheval avait diminué le trot, Joseph lui laissa un peu de lesse, afin de ne pas trop le fatiguer. Il apercevait maintenant le clocher du village. Son visage rayonna lorsqu'il rencontra les paroissiens qui revenaient de la messe, les carrioles tirées par des chevaux, bruns, jaunes, noirs. Le père Herménégile en possédait un tout blanc et son visage rougi par le froid et le soleil contrastait avec la couleur de son cheval. Tout le monde avait le sourire aux lèvres, et un sourire parfois narquois lorsqu'on voyait le père Charles sommeillant dans la carriole.

Il passait le midi dans le dix maintenant, et on ne devait pas perdre de temps. Lorsque les deux hommes arrivèrent à l'église, les trois filles se trouvaient déjà à l'extérieur. De la fenêtre de la sacristie, elles avaient vu la carriole descendre la grande côte du chemin des frontaux. Philomène se sentait mieux maintenant, ses maux de cœur ne l'ennuyaient plus, tandis qu'Adélaïde les joues toutes jouffles, riait à chaudes larmes, sachant très bien que sa sœur aimait le gin et qu'elle en avait pris un de trop, plus tôt le matin. Ce délicieux et merveilleux élixir venait en petite quantité des paroisses longeant le fleuve St-Laurent. Les bateaux étrangers y faisaient halte quelques fois aux îles, en amont de Québec. Ils venaient de quitter la mer troublée du grand fleuve et pénétraient dans des eaux plus calmes. Bien que le prix de l'eau-de-vie n'ait pas été exorbitant, c'était un grand luxe que de pouvoir s'en procurer. Dans des alambics de fortune quelques habitants parvenaient à se fabriquer un « réduit » au goût douteux, et parfois dangereux pour la santé, mais c'était quand même assez rare.

Pendant que le père Charles se réveillait lentement, les filles montèrent dans la carriole et ensemble ils repartirent vers le chemin du nordet. Entre temps à la maison, on se préparait fébrilement pour le dîner du Jour de l'an. Pamela, malgré une très grande fatigue, parvenait à faire des mets différents pour ce temps-ci de l'année. Le gibier était à l'honneur, la chasse d'automne avait procuré cette année des quantités de viande hors de l'ordinaire. Le temps des Fêtes serait merveilleux pour toute la maisonnée.

La carriole apparut dans le détour. Le cheval trottinait lentement, sa journée avait été dure et ces derniers arpents seraient le maximum qu'il pourrait faire. Le père Charles descendit le premier, alors que les filles engourdies par le froid, se dégageaient difficilement de la peau de carriole. Joseph donna les cordeaux « guides » à Alexis, que Pamela, avait envoyé à leur rencontre avec Mathieu le cadet. Ils montèrent dans la carriole et debout se dirigèrent vers l'étable, tandis que Charles, le fils, restait à la maison.

Le père Charles avait la moue et sa mime en disait long. N'ayant rien dit depuis l'église, rentrant lentement dans la maison, il ne salua personne en se dirigea vers sa chambre. La pièce était pleine de vapeur, les rôtis mijotaient sur le poêle à deux ponts et toute la maison embaumait des bonnes odeurs d'aliments. Les filles montèrent par l'escalier tordu dans leur chambre du saroit parce que le grenier du nordet était fermé pour l'hiver. Elles se mirent à rire et à se taquiner, se décrivant les beaux jeunes hommes pour qui leurs yeux avaient cliqué. Philomène se pâmait pour ce bel homme aux cheveux foncés presque noirs, et aux yeux brun noisette; il souriait peu, mais malgré son air grave, sa passion pour cette belle jeune fille le transformait en entier. Adélaïde riait encore, son « ti-coune » le fils des Gaudreau ne cessait de tourner autour d'elle, malgré un beau sourire et une poitrine large, elle le trouvait laid. Tout en lui le portait à s'en moquer. Phébé de beaucoup plus réservée et très mince, n'avait de regard que pour ce banc famille à l'église, où elle voyait là un mur de chair. Les Poitras étaient tous bâtis comme des « portes de grange » et ces grands et gros hommes lui plaisaient bien. Mais elle était quand même plus discrète et tempérée, et son appétit sexuel semblait moins évident.

Après s'être vêtues de grands tabliers, les filles se décidèrent à descendre rejoindre les autres en bas. Le père Charles avait versé le gin et son beau-fils Wilfrid s'en rinçait déjà la gorge ; volontairement, il n'offrit rien du tout à son frère Alexis qui ne s'en aperçut même pas, tant il discutait avec ses neveux. Le poêle était couvert de chaudrons remplis à ras bord, et on ne tarda pas à s'attabler. Les convives étaient un peu à l'étroit, mais le bonheur de se rassembler apportait de la joie et la gaieté dans les cœurs. Pamela et sa fille Philomène restèrent au poêle, faisant le service. Cela donna l'occasion à Philomène de prendre une autre rasade de gin, ce qui ne plut pas à sa mère qui lui enleva son verre et le vida dans l'évier, au désarroi de sa fille. Tous mangèrent à satiété. Alexis ne dit pas un mot, son frère Charles parla peu aussi. Pamela avait pris soin de les faire asseoir loin l'un de l'autre. Diana parlait beaucoup ayant eu à subir de longs mois de silence. Aussi se rattrapait-elle en cette journée.

Le temps passait vite maintenant, l'horloge sonna les quatre heures, Wilfrid pensait déjà à retourner à la maison du cinquième rang. Le ciel se grisonnait et quelques flocons de neige tombaient lentement, Alexis se trouvait déjà à l'étable, attelant le cheval. Ses neveux l'avaient suivi et ils en profitèrent pour donner à boire aux animaux.

Diana essuya une larme lorsqu'elle laissa ses parents ; elle avait beaucoup aimé sa journée. Elle détestait terriblement la solitude, alors que parmi son monde, elle se sentait plus en sécurité. La traversée du rang ne fut pas trop pénible, malgré l'abondance de neige. Le chemin balisé facilitait le parcours et la jument étant bien reposée, elle avait belle allure. Alexis en était fier. Ils se hâtèrent de rentrer chez eux parce que Wilfrid et Diana devaient maintenant se préparer pour le souper chez pépère Caron, mais ils iraient à pied parce que la maison des grands-parents se trouvait à quelques arpents de la leur. Alexis n'y alla pas, il se reposerait maintenant, la sortie de la journée l'avait comblé et il voulait rester tranquille. Diana lui sortit du garde-manger le pain et les cretons, les plaça sur la table avec des beignes maison. Alors lorsqu'il rentrerait de l'étable, il pourrait s'en régaler. Faisant route vers la maison des grands-parents, Diana se sentit un peu lasse et dit qu'elle ne reviendrait pas très tard. Wilfrid lui prit le bras et la serra bien fort. Elle sentit une douce chaleur l'envahir. Ils ne se cachaient jamais leur amour; en plus d'être jeunes et beaux, ils s'aimaient passionnément. Durant le parcours, la neige fouettait leurs figures leur donnant un beau teint rosé; leurs yeux brillaient aussi de mille feux.

À la maison de pépé Caron, déjà remplie de fêtards, ils se retrouvèrent dans une grande famille de vive la joie où la bonne humeur, les histoires salées et les taquineries étaient courantes. Pour les Caron, le Jour de l'an permettait beaucoup d'excès. Le lendemain au matin, lorsqu'Alexis se leva, tout à l'extérieur respirait la tranquillité et la sérénité, comme si le maître des cieux avait tout purgé durant la nuit. La neige d'une blancheur immaculée couvrait le sol et avait effacé toutes les traces des festivités de la veille. Alexis ne fit pas de bruit, il réactiva le poêle et s'assit sur la chaise devant le châssis du saroit; sa main gauche appuyée sur sa joue, les yeux fixés vers le chemin balisé, il semblait rempli d'inquiétude et d'amertume. Il avait été très heureux la veille, ses neveux, les garçons de Charles l'avaient beaucoup amusé.

On célébra beaucoup durant la période des Fêtes. La Fête des Rois était maintenant arrivée et tous se rendirent à l'église. Les visages étaient crispés car l'hiver se trouvait dans sa plénitude à cette saison; les paroles se faisaient plus rares, les regards semblaient hagards, on sentait déjà le retour de la triste vie quotidienne, de la monotonie, ainsi que du grand vide des jours à venir. La dure réalité reprendrait son cours, on devait bientôt se séparer, les gens rentrant chacun chez soi se terrer dans l'interminable hiver.

Pour les bûcheux, le temps des réjouissances étant terminé, il leur fallait maintenant remettre le collier et retourner aux chantiers. La paroisse se viderait du quart de ses résidents et un vide profond soufflait déjà dans la campagne.

Dans leur lit, Wilfrid et Diana se blottissaient l'un contre l'autre. Passant une main rugueuse sur le ventre de sa femme qui déjà commençait à s'arrondir, Wilfrid remonta lentement vers ses seins qu'il caressa; elle tressaillit, une douce chaleur lui traversa le corps et elle se tourna amoureusement vers son homme. Ils s'étreignirent voluptueusement, transportés par les délices de l'amour. Ils savaient bien tous les deux que le temps les séparerait à nouveau et qu'au retour du chantier des concessions, leur relation intime deviendrait plus difficile.

Le départ de Wilfrid et de son oncle Alexis fut pénible pour Diana, mais il lui promit que son neveu, Armand Caron, viendrait chaque jour s'enquérir de la routine et qu'il y passerait toutes les nuits, ce qui rassura Diana. Malgré un début d'hiver très rigoureux, le temps se replaça et le reste du mois de janvier fut moins pénible. Déjà, le soleil prenait de la force et ses doux rayons adoucissaient les membres engourdis de Diana.

CHAPITRE VI

Le départ de la mère Tondreau

*J*ANVIER PASSA, ce mois rigoureux et traître laissait toujours des cicatrices. La grippe, ce mal d'hiver, faisait des victimes sur son passage. La mère « Tondreau » décéda d'une congestion des poumons, et trois enfants moururent aussi dans le rang de la couronne du saroit. Diana n'alla pas à la veillée du corps, mais Joséphine lui rendit visite pour lui annoncer la mort de sa cousine. Elle sentit Diana très bouleversée par ce départ soudain. Delphine Tondreau, mère de neuf enfants, reposait dans son cercueil de planche en sapin non plané ; une vitre sur l'avant de la tombe permettait de voir le haut du corps. La morte portait une robe grise confectionnée par sa voisine Emma Pelletier. Deux cierges, dans des pots de grès brun, brûlaient lentement de chaque côté du cercueil ; à l'arrière, accroché au mur blanchi à la chaux, un drap noir un peu fripé, ayant dans son centre une imposante croix de bois qui donnait l'impression d'écraser la tombe de la pauvre Delphine. La pièce éclairée seulement par la lumière des cierges était d'un sinistre à figer le sang dans les veines. À gauche du cercueil, deux bancs quelque peu branlants permettaient aux membres de la famille de s'asseoir. Les Tondreau affichaient une pauvreté accablante. Les voisins sympathisaient énormément à leur malheur, ce qui les soulageait un peu. Arthur Pelletier avait même fourni la chaux pour désinfecter et aseptiser le corps de la regrettée défunte. La maison Tondreau n'offrait rien du confort de ses voisins, une grande table et quelques chaises de bois brut formaient le mobilier. Seul le poêle à deux-ponts contrastait avec sa grosse masse et il semblait être le seul luxe de la maison.

Une simple échelle permettait de se rendre au grenier sous le toit. La finition précaire de cette unique pièce était désolante, et on y voyait la clarté du jour par les fentes des remblais du mur extérieur. C'est pour cette raison que pendant la dure saison d'hiver, toute la famille couchait en bas, s'accommodant de grosses couvertures de jute bourrées de laine de mouton à l'état brut. On parvenait ainsi à passer à travers les grands froids hivernaux.

Le lendemain matin à très bonne heure, glissait dans la campagne du rang nordet, un cortège d'une tristesse accablante. À l'avant, une carriole noire battait la route et sur le cheval, un grand drap foncé couvrait presque l'armure. Assis dans la carriole, deux voisins des Tondreau, l'un portait la grande croix noire auparavant au-dessus de la tombe dans la chambre mortuaire et l'autre conduisait le cheval. À la cadence d'une procession, on avançait vers l'église paroissiale. Suivant la croix, la voiture funéraire recouverte d'un drap noir, était décorée à chaque coin de gros pompons violet délavé, qui se balançaient de tous côtés. Deux chevaux noirs tiraient la sleight. Juché sur un banc à la hauteur de la tombe, Josephat Langlois, le connétable du perron de l'église, menait ses bêtes à l'allure théâtrale. Immédiatement à l'arrière, la famille suivait dans des carrioles de fortune partagées avec les voisins du rang.

Le soleil avait dissipé les nuages lorsque le cortège arriva au village. Les balises qui bornaient le chemin semblaient être des témoins de ce sinistre spectacle. On ralentit l'allure lorsqu'on arriva au parvis de l'église. Là, d'immenses bancs de neige ressemblant à des monuments gardaient l'entrée ; les gens descendaient des carrioles et des berlots tout de noir vêtus. Pas un mot ni un bruit, à part les sanglots des enfants, qui les mains gelées et les joues glacées par les larmes, sombraient dans un immense chagrin. Ils étaient inconsolables tant la perte de leur mère les laissait désemparés. Le décor de l'église n'avait rien de réconfortant ; toutes les fenêtres étaient drapées de noir et d'immenses banderoles pendaient au-dessus du sanctuaire pour se raccrocher aux colonnes du temple. Les cierges brûlaient dans le chœur et autour de la tombe de cette chère Delphine.

Spectacle émouvant et déconcertant à la fois, portant (tout portait) vers la culpabilité et la mort. Même les vivants dans l'église se sentaient mourir un peu. La messe trop longue pour ces pauvres gens semblait interminable. Enfin ! on descendit du chœur en procession pour asperger la tombe et dire le dernier « Pater ». Des gouttes d'eau bénite glissaient sur la tombe. Monsieur le curé montrait beaucoup de générosité dans ce moment-là. Les porteurs choisis dans la parenté des familles Tondreau et Thibault, portèrent la tombe à l'extérieur de l'église, vers le charnier du cimetière paroissial qui se trouvait de l'autre côté de la route. Le cortège se reforma, composé de la famille immédiate, des parents et des amis se suivant pour saluer une dernière fois la défunte.

Les portes doubles du charnier étaient grandes ouvertes et au fond, on pouvait y voir trois tombes sur des trépieds. Des paroissiens déjà décédés. Sur le côté gauche étaient empilées cinq petites tombes en bois blanchi. Cette année-là, la grippe faisait beaucoup de ravages parmi la population infantile. Lorsque la tombe fut déposée sur son trépied tous se rassemblèrent pour une dernière prière. Les porteurs refermèrent les portes du charnier. La cérémonie au mort était terminée. Les gens se séparèrent, allant dans toutes les directions de la paroisse, tandis que la famille de la défunte, dépourvue, retournait vers la maison du rang. Miserere... Miserere...

Entre-temps Diana de son châssis du sud avait vu passer le cortège funèbre dans le rang du nordet. Ces événements l'attristaient beaucoup mais sa jeunesse et sa fougue lui permettaient de contrôler son chagrin.

CHAPITRE VII

La mi-carême

POUR ELLE l'hiver passait lentement. Pourtant la Chandeleur pointait, et la demie du carême remettrait un peu d'activité durant cette longue saison. Le bruit courait que les Mi-carêmes seraient plus nombreux cette année. Les commères disaient qu'il en viendrait des paroisses voisines. Aussi chez « pépé » Caron deux belles filles étaient en âge pour se marier. Monique avait vingt-quatre ans et Emma en avait vingt.

Lorsque Armand eut fait le train il emmena sa tante Diana. Auparavant, elle avait fait une bonne attisée pour garder la chaleur de la maison, car, elle ne reviendrait pas avant la demi-passé le dix. Pour accueillir les Mi-carêmes on se regroupait au fond de la cuisine, la table rangée le long du mur ou dans la pièce voisine, permettant ainsi aux visiteurs de danser au milieu de la place. Les filles célibataires assises à l'avant, devaient démasquer les Mi-carêmes afin de les reconnaître ; mais auparavant il fallait faire danser les jolies demoiselles.

Dans cette nuit noire de fin-février, l'on entendit soudain le son des clochettes de carrioles. La fébrilité s'installa dans la maison. Voilà que l'on cogne à la porte : « Est-ce que l'on permet l'entrée des Mi-carêmes ? » Oui, cria le maître Anthime de sa voix grave.

Les nouveaux venus s'engouffrèrent à l'intérieur de la maison et tous tournaient autour de la place ; on tira une chaise et l'accordéonneux joua un *reel* endiablé tandis qu'un violoneux debout à son côté l'accompagnait de ses accents. Alors la chaîne se fit et les gars choisirent les filles pour les faire danser, tandis que les Mi-carêmes toujours masqués par des cagoules faites de la jute des poches de sucre où seuls deux trous percés aux niveaux des yeux leur permettaient de voir. Les masqués changeaient leurs voix, racontaient des histoires invraisemblables afin de mêler et distraire les filles pour ne pas se faire reconnaître.

Car c'était le jeu, d'essayer de faire durer le mystère le plus longtemps possible et de tromper les gens de la maison. Se faire reconnaître trop vite était presque une insulte. Le rite continua encore quelques minutes le temps de faire giguer la maisonnée des plus beaux quadrilles du canton. Le plaisir comblait tout ce beau monde, on voyait de la joie sur tous les visages. Diana assise près du poêle s'amusait énormément, le père Anthime n'avait pas laissé sa pipe : sa belle-fille Joséphine assise à ces côtés retenait ses jambes de bouger car son petit dernier reposait sur elle. Mais ses entrailles se rétractaient, tant le désir la tiraillait, pouvoir danser dans les bras de ces beaux jeunes hommes la passionnait à l'extrême ; aussi, elle avait chaud.

L'appréhension d'avoir des rêves mystiques et érotiques la tenaillait ; sa forte sensualité faisait qu'elle devait s'imposer une discipline de tous les instants. Heureusement, sa belle-mère Arthémise Fournier ne cessait d'égrainer son chapelet. La pauvre femme vieillissait et ne parlait que de la mort, ce qui ennuyait beaucoup Joséphine. C'est pour cette raison qu'elle n'allait pas souvent chez ses beaux-parents.

Tout à coup la musique s'arrêta. Tous sans hésiter enlevèrent leurs masques. C'est la surprise totale mêlée de désappointement ; on riait à chaudes larmes, certains avaient vu juste, tandis que d'autres étaient déçus. La farce, c'est que Monique n'avait pas reconnu son ancien «chum» celui qui l'avait déjà demandée en mariage. À ce moment-là elle n'avait pu se décider, ne voulant pas laisser ses vieux parents seuls, surtout sa chère maman que la sénilité rendait bizarre.

Les Mi-carêmes se reposèrent et burent un peu d'eau ; l'alcool étant interdit durant le carême ils s'épongèrent le front, car il fallait se refroidir les sangs avant de reprendre la route, et permettre ainsi à d'autres groupes de faire la tournée. La soirée passa tellement rapidement que l'on eut peine à se rendre compte qu'il passait les onze heures. Diana sursauta et pensa retourner immédiatement chez elle, son neveu s'habilla rapidement et tous deux partirent dans le chemin du rang. Elle prit la main d'Armand tant la noirceur l'effrayait, elle ne voulait surtout pas tomber dans cette nuit sans lune où il faisait noir comme su' le loup.

Aussitôt rentrés, Armand ranima le poêle. Comme quelques charbons continuaient de brûler, il put attiser le bois plus rapidement. Se sentant fatiguée, Diana ne tarda pas et se dirigea vers sa chambre. Armand prit quelques moments pour surveiller le poêle, et ensuite alla se coucher. Depuis les Fêtes il passait toutes les nuits chez sa tante.

Mars arriva avec un beau soleil d'avant printemps. Diana se déplaçait plus difficilement maintenant, rentrant bientôt dans son huitième mois de grossesse, aussi la corvée du train était-elle laissée à son neveu Armand. Cela l'occupait, car il n'allait plus à l'école maintenant. Les anciens ne se rappelèrent pas d'avoir vécu un mois de mars aussi ensoleillé. Tous ne parlaient plus que du temps des sucres et de la fermeture prochaine des chantiers d'en haut.

L'arrivée du printemps apporta un baume aux gens de la paroisse qui se sentaient revivre malgré d'autres dures corvées qui les attendaient. L'étable revenait à la vie : les vaches commençaient à vêler et il fallait tondre les moutons avant la naissance des agneaux.

CHAPITRE VIII

Les hommes sont pressés d'entrer à la maison

L A FERMETURE DU CHANTIER du lac de Laize Est approchait. Jamais on ne l'avait tant désirée. L'extrême tension rendait l'ambiance insupportable. Certains des hommes ne se possédaient plus, tant ils étaient irrités. Pour comble de malheur, on subissait une épidémie de poux ; l'hygiène dans les camps était pratiquement absente et la promiscuité n'améliorait pas les choses. Les démangeaisons sur tout le corps rendaient les hommes irritables. On avait bien essayé de se frotter à l'huile de charbon, mais on frôlait la limite des approvisionnements. Le stock baissait à vue d'œil et il restait encore une autre semaine pour terminer la job. Il y avait même deux hommes qui couchaient dans l'écurie tant ils étaient infectés.

La dernière semaine leur parut très longue, tant on désirait le retour aux maisons des concessions d'en bas.

La dernière journée arrivée, c'est à peine si on se salua avant les départs. Il fallait quand même garder une équipe de sept hommes pour faire la drave sur les rivières d'en haut. Déjà tout le bois était cordé et rangé sur le lit des rivières et il fallait attendre la crue des eaux pour la débâcle, ce qui n'arrivait jamais avant la mi-avril et parfois même à la fin. Ainsi, les rivières à plein écart permettaient la drave, transportant les billots jusqu'au moulin dans les confluents d'en bas.

Contrairement à l'époque de Noël, on ne fit pas de convoi pour redescendre, chacun y allait pêle-mêle, remplissant les bobsleighs de tout le matériel utilisé durant l'hiver.

Soudain, il y eut un petit rassemblement à l'arrière du camp à chevaux. Les voix montaient, on avait des comptes à régler et la tension arrivait à son comble. Certains pensaient qu'il y avait injustice et que l'attribution des territoires de coupe donnée aux équipes favorisait les amis du boss. Le foreman tentait par tous les moyens d'apaiser la tension, mais malheureusement on en vint aux coups.

Ça cognait dur, le sang giclait du nez et de la bouche des belligérants, on sentit que l'on allait trop loin. Deux hommes coururent chercher des seaux d'eau glacée et les lancèrent à la figure des attaquants, ce qui les calma. Les batailleurs durent prendre une grande respiration, l'eau glaciale coulait sur leurs vêtements et la température se maintenait froide, malgré la fin de mars.

Alors, le foreman comprit et se fit plus humain. Il prit un linge et essuya les visages ensanglantés des batailleurs, aida les deux qui étaient encore par terre à se relever. Chose étrange personne ne dit mot, chacun se dirigeant vers son bobsleigh pour le retour. Cette altercation avait fait baisser la tension ; la vue de ces visages enflés, les filets de sang coulant de leurs narines, portait à réflexion.

Le sol tapé et rougi contrastait avec la blancheur immaculée de la neige. Tout à coup le ciel se grisonna, un léger vent tournant du sud ouest souleva un peu de poudrerie. Zéphirin ne cessait de répéter « Miserere... Miserere... Mon Dieu Seigneur vient nous aider. » Cet homme d'une piété hors de l'ordinaire désirait dans sa sublime prière un peu de baumes afin d'adoucir les grandes peines et les tâches inhumaines de ces pauvres bûcherons démunis.

Son invocation fervente toucha le cœur du Seigneur. Alfred en s'adressant aux belligérants tentait par tous les moyens de ramener la paix ; avant de se séparer. Il y mit tant ardeur, de générosité, et de bonté qu'on enleva et lança les grosses mitaines durcies par terre, pour se serrer la main. Zéphirin tout heureux ne cessait de faire des signes de la croix.

Sur le chemin des concessions, Wilfrid et son oncle Alexis, pataugeaient dans la neige en marchant à côté des chevaux. Ils avaient une bonne longueur d'avance, étant partis avec le premier groupe, afin d'ouvrir les chemins pour ceux qui les suivraient et dont les bobsleighs étaient beaucoup plus lourds. Wilfrid enleva pour un instant son casque, se gratta la tête et soupira profondément. Jetant un dernier regard en arrière, il réalisa enfin que les chantiers étaient terminés. Quel soulagement ! Il ouvrit sa braguette de culotte d'étoffe et laissa son empreinte sur la neige. La couleur jaune de son urine annonçait déjà les beaux jours de la belle saison.

Pendant ce temps-là, au cinquième rang, le soleil de

printemps redonnait à la maison des Caron des allures de renouveau. La bâtisse semblait plus grande malgré les restes des bancs de neige de l'hiver. Le toit libéré de sa neige, montrait les bardeaux vieillis par le temps, et paraissait encore plus ocre que d'habitude.

Dans le ciel, des nuages de formes diverses, d'une blancheur irréelle, dessinaient dans le firmament de magnifiques scènes rappelant les tableaux de grands maîtres.

La veille, Armand avait aperçu une sleight montant dans le chemin de la traverse que longeait le bois des Cina. Il prit peu de temps pour se rendre compte que c'était Charles, le père de Diana qui venait quérir des nouvelles et aider pour la tonte des cinq moutons. Tout emmitouflé dans son grand manteau d'étoffe du pays, il était accroupi dans sa sleight par ce beau matin printanier. Il prenait un coup de vieux, le père Charles. Sa santé semblait précaire et la saison froide d'hiver était pénible pour lui. Maigre comme il l'était, il n'avait aucune protection pour ces durs changements de température.

Armand courut vers lui, et amena le cheval à l'étable. Le père Charles marcha lentement afin de se dégourdir les membres, et ensuite pénétra dans la maison. Diana manifesta sa joie de le voir. Elle l'aida à se dégreyer et ils prirent ensemble un thé bien chaud. Elle lui offrit des galettes de farine d'avoine qui cuisaient au four. Mais il n'en prit pas, préférant se tenir au chaud près du poêle. Parlant lentement, il dit à Diana que les nouvelles étaient bonnes à la maison du sixième rang, que Pamela, sa mère, reprenait des forces. Il faut dire que son dernier accouchement l'avait totalement épuisée, en raison de son âge et des ses nombreuses délivrances.

Le père Charles constata que sa fille avait grossi, et il lui demanda dans combien de temps le bébé naîtrait. Elle répondit nerveusement qu'elle accoucherait vers la fin avril début de mai. Son père remarqua son appréhension ; se levant, il lui mit les mains sur les épaules, ce qui la réconforta. Il se dirigea ensuite dans le bas-côté chercher les ciseaux ; lorsqu'il revint, il ne dit pas un mot, sortit de la maison et s'en alla vers l'étable, ou l'attendait le jeune Armand, que sa mère Joséphine allait rejoindre bientôt. C'est elle qui mettrait la laine tondue dans des grandes poches de coton blanchies. Elle avait aussi des ciseaux pour aider à la tonte.

Diana, dans sa condition, ne pouvait se permettre de participer à cette tâche cette année. Elle en aurait eu pourtant envie, car les moutons étaient ses animaux préférés.

L'avant-midi passa très vite, et bientôt trois moutons furent tondus. Entre-temps à la maison, Diana préparait un dîner copieux, une soupe aux pois et au lard salé très consistante, un bœuf à la mode mélangé avec des cubes de porc et de grosses patates bouillaient sur le poêle ; déjà le pain de ménage avait été placé sur la table près du pot de mélasse.

De retour à la maison Charles, Joséphine et Armand enlevèrent leurs overalls et se secouèrent vivement, car les poux des moutons étaient très tenaces et ne mouraient pas facilement. Ils se passèrent les mains et les avant-bras dans un récipient rempli d'huile de charbon. Cette huile sentait mauvais et son odeur persistait longtemps, mais rien ne lui résistait, elle aseptisait tout. Aussi, avant de pénétrer dans la maison il fallait se laver les mains à grande eau avec le savon du pays.

Le jeune Armand ne se fit pas prier pour s'asseoir à la table, car la faim le tenaillait. Il faut dire qu'il devait tenir la bête durant la tonte, et même si l'on prenait la précaution de lui attacher les pattes ; elle se débattait de toutes ses forces. Il fallait de bons bras et de la rapidité pour l'immobiliser.

Le soleil du midi brillait maintenant à la grandeur de la cuisine, ses chauds rayons réchauffaient tous et chacun ; autour de la table, la conversation se fit entre Joséphine et Diana, la pauvre qui voulait laver et carder la laine avant la naissance de son bébé. Ce midi-là elle mangea peu, la senteur laissée par l'huile de charbon lui coupait l'appétit. Armand dévorait rapidement, car il se devait d'aller voir à la maison si toute allait bien. Il lui faudrait aussi chauffer le poêle, ses deux jeunes sœurs étant chez pépé Caron.

Le père Charles aurait aimé converser avec lui. Il voulait s'enquérir de la santé de pépé Caron et il manifesta le plaisir de le voir. Cela tomba dans l'oreille d'Armand qui se ferait un plaisir de transmettre l'invitation. La température étant idéale, alors pépé Anthime pourrait probablement marcher, les quelques arpents pour venir à la maison de son fils Wilfrid. Le pauvre courbait sous les rhumatismes, et il disait sans cesse que ses os étaient en train de sécher.

Le père Charles retira un peu sa chaise de la table ; la tête se renversant en avant, il roupilla, la chaleur de la maison, la douceur du foyer et l'excellent repas de sa fille avaient comblé cet homme ; un peu de repos lui ferait du bien. Lorsque Armand revint, il claqua fortement la porte. Cela réveilla le père Charles, qui, se frottant les mains et les doigts meurtris par la manipulation des ciseaux, bougonna.

Les trois se levèrent et se rendirent à nouveau à l'étable. Le père fit remarquer à Armand que la Grisette, la vache préférée de Diana, allait vêler bientôt; elle bougeait constamment et ses organes s'étaient beaucoup dilatés. On ne tarda pas à finir la tonte des deux autres moutons; il était deux heures dans la demie. Joséphine rentra à la maison, tandis que le père Charles et Armand couvraient le plancher de l'enclos des moutons d'une bonne couche de paille. Cela permettrait d'éviter un refroidissement trop brutal pour les pauvres bêtes, dépouillées de leurs manteaux naturels qui, en plus, allaient avoir bientôt leurs petits agneaux. Le père Charles enleva ses overalls, les pendit à un clou, près de la porte de l'étable. Il sortit, prit une grande respiration, monta sur la butte et regarda au loin sa terre, dans le sixième rang. Il resta quelques minutes à contempler la perspective; lui aussi appréciait la beauté de ce point de vue privilégié. Armand sortit à son tour de l'étable, et tous deux se rendirent à la maison, sans oublier de s'enduire d'huile de charbon.

À leur arrivée, ils furent surpris de voir le père Anthime se bercer tranquillement dans la cuisine; son ami Charles sourit enfin. Cela lui faisait grand plaisir de revoir Anthime, malgré qu'il fût son aîné de quelques années. Le pépé était très estimé dans la paroisse et ses sages conseils aidaient souvent de braves gens à trouver des solutions à leurs problèmes. Ils se mirent à jaser à bâtons rompus. Ils se quittèrent à quatre heures dans le vingt, et le père Charles voulait faire la traverse du rang à la clarté. C'est avec regret qu'ils se dirent au revoir. Diana essuya ses larmes lorsqu'elle vit son père dans sa sleight qui se perdait dans le chemin de la traverse.

Et c'est tristement, que Diana laissa la fenêtre du sud, pourtant elle sentait que les hommes du chantier ne tarderaient pas à rentrer. Alors, elle insista pour que son beau-père Anthime reste à souper avec elle et son petit-fils Armand; il ne se fit pas prier, appréciant énormément la nourriture de sa belle-fille, il fit toutefois promettre à Armand d'aller le reconduire après le souper. Diana était contente de la présence de son beau-père, la compagnie lui manquait et commençait à être très insécure; elle aurait à vivre bientôt des moments pénibles.

Plus tard, lorsque Armand revint de reconduire son pépé, il prit le fanal et se rendit à l'étable. Les propos du père Charles sur l'état de Grisette l'inquiétaient. Ses appréhensions se calmèrent lorsqu'il vit que la vache reposait et qu'elle semblait apaisée. On se coucha tôt; cette longue journée de travail harassant avait épuisé ces gens pourtant habitués à de lourdes tâches.

Au matin, Armand se rendit de bonne heure à l'étable. Il fut pris de panique à la vue de Grisette qui avait vêlé durant la nuit. Son veau reposait inerte à ses côtés, mort probablement gelé. Armand ne s'en était pas rendu compte, il courut de toutes ses jambes vers la maison.

Diana voyant Armand arriver dans cet état, pensa au pire. Il prit une grande respiration et put enfin reprendre son souffle. Il expliqua la situation à sa tante qui réagit aussitôt. Elle mit un grand châle, et tous deux se dirigèrent vers le haut-côté; elle demanda à Armand de lui trouver une bouteille vide. Elle prit un plat rempli d'avoine et revint vers la maison où elle mit l'avoine dans le fourneau. Elle tira de l'eau pour remplir la bouilloire, ayant besoin d'eau bouillie le plus tôt possible, et prit une chaise pour monter dans le haut de l'armoire où elle trouverait quelques remèdes et la boîte de fer blanc contenant la poudre de gingembre. Le marchand du faubourg le vendait à la livre et on disait que le gingembre retournait les sangs à l'endroit. Dès que l'eau fut bouillie, elle prépara la potion.

Pendant qu'Armand réchauffait la grosse couverture de laine du pays placée sur l'arrière du poêle, Diana brassait l'avoine dans le four afin de bien la tempérer, elle y ajouta une cuillerée de moutarde sèche, puis s'habilla rapidement pour se rendre à l'étable. Armand devait la rejoindre dans dix minutes avec la couverture et les remèdes.

Rendue à l'étable, elle constata la mort du veau. Sa vache préférée Grisette était couchée et sa condition sembla précaire à Diana ; elle pleurait à chaudes larmes ne voulant pas, pour tout l'or au monde, perdre sa Grisette. Dans son désespoir, elle parlait tout haut. S'adressant en même temps à Dieu et à sa vache bien-aimée : « Doux Jésus de bonté divine aide-moi, je t'en prie, et toi Grisette ne meurt pas, laisse-toi pas aller, reste avec nous, tu es notre préférée. »

Soudain, Diana se rappela avoir vu son père Charles, frotter vigoureusement le dos des vaches avec de la paille. Se précipitant vers les tasseries, elle en prit une grosse brassée. Elle en avait plein les mains, et frottait sans arrêt le dos de sa vache. Alors qu'Armand arrivait avec la potion et la couverture chaude, il s'aperçut du désarroi de sa tante, de ses yeux tout rougis et de sa nervosité, cela l'ébranla dans tout son être. Il déposa son bagage dans l'allée, et courut de toutes ses jambes chercher sa mère Joséphine. Malgré la distance, elle s'empressa de venir aider sa belle-sœur.

À l'étable Diana avait déposé la couverture chaude sur la Grisette et tentait par tous les moyens de lui faire avaler la potion au gingembre. Peine perdue, rien n'y fit, Grisette ne voulait rien boire. Joséphine arrivant, comprit, qu'il fallait absolument faire lever la vache ; ainsi, elle pourrait mieux prendre la potion, et peut être aussi manger l'avoine à la moutarde.

Grisette ne pouvait absolument pas se lever, tant elle était faible. Alors Joséphine trouva une planche que l'on passa avec grande peine en dessous de la vache, Armand d'un côté, et Joséphine de l'autre, tiraient de toutes leurs forces afin de soulever la bête ; Diana à bout de nerfs n'en pouvait plus, les forces lui manquaient et son état inquiétait grandement Joséphine, qui ne voulut, sous aucune considération, faire forcer sa belle-sœur.

Après deux essais infructueux, Grisette parvint enfin à se lever. Diana ne cessait de lui flatter la tête et avait cessé de pleurer. Armand tira le veau mort à l'extérieur de l'étable, et revint avec un morceau de bois rond qu'il introduisit en travers de la gueule de Grisette ; Joséphine réussit alors, à lui faire boire une bonne partie du remède. Le visage de Diana se fit plus calme, elle donna l'avoine à Grisette, qui en mangea un peu. Joséphine croyait maintenant au miracle, car à son arrivée la condition de l'animal l'avait désespérée. Les deux belles-sœurs, levant les yeux au ciel récitèrent un « Ave » en l'honneur de Marie. Armand finissait de faire le train, mais la faim le tenaillait, il avait bien hâte de rentrer à la maison, car il était maintenant plus que dix heures, et personne n'avait mangé depuis le matin.

Diana et Joséphine marchèrent très lentement vers la maison, elles comprenaient maintenant que les hommes des chantiers se devaient d'arriver le plus tôt possible. La saison printanière apportait un surplus d'ouvrage et la corvée devenait trop dure pour ces pauvres femmes démunies de force. Leurs vœux seraient comblés. Plus tard de la fenêtre du sud Diana vit des convois de bobsleighs dans le sixième rang. On se trouvait maintenant à la fin de l'après-midi.

Malgré son extrême fatigue, Diana parvint à se rendre dans le bas-côté chercher un tas de victuailles qu'elle mit sur le poêle et dans le fourneau ; la vue du convoi, maintenant dans la route de la traverse lui redonna un peu de force. Elle se déplaçait beaucoup plus lentement mais parvenait à accomplir la besogne de la maison.

Elle n'était toutefois pas au bout de ses peines. Wilfrid et Alexis rendus à la grange, ne voulant pour aucune raison amener des poux à la maison, demandèrent à Armand d'aller leur « cri » des vêtements pour se dégreyer dans l'étable. Peine perdue, leurs cheveux et leurs aisselles en étaient pleins ! C'est ainsi, qu'ils prirent de l'huile de charbon dont ils se frictionnèrent les cheveux et certaines parties du corps. Opération très délicate, le moment n'était pas à la rigolade.

Diana s'impatientait à la maison et se questionnait sur le retard des hommes à revenir des bâtiments ; mais enfin, on se rejoignit et ce n'était pas trop tôt ! Diana recula à leur approche, l'odeur de l'huile de charbon remplissait la pièce, elle se réfugia dans sa chambre, encore tout ébranlée. Ils mirent un grand *boiler* sur le poêle, cette eau chaude servirait à nettoyer et à désinfecter ces pauvres hommes.

Dans le couloir du haut-côté, Alexis et Wilfrid se lavaient à grande eau, afin d'enlever le plus possible l'huile de charbon. Ils se passaient le gros pain de savon du pays. De son côté, Armand en avait plein la vue, assis au bout de la table. Il découvrait les corps meurtris des adultes, tout surpris de voir tant de poils et de muscles. Cette vue le bouleversa, il se voyait déjà adulte et se toucha les membres. Tandis qu'Alexis s'essuyait, Wilfrid s'aperçut de l'intérêt du jeune Armand. Il mit une grande serviette en lin du pays sur le dos d'Alexis; il connaissait bien son oncle, et cet attouchement personnel l'ennuyait beaucoup, mais il devait se faire bienveillant, connaissant l'état psychique d'Alexis.

Dommage, se disait-il en son for intérieur, Alexis possédait une stature presque parfaite; des cheveux châtains roux, avec un teint rosé et des yeux d'un bleu-vert vif, lui donnaient l'allure d'un Adonis, aussi croyait-il que sans ses problèmes de déficience, il aurait fait le bonheur de bien des femmes du canton. Malheureusement, il se détruisait lentement et son psychique commençait à se désagréger.

La fermeture complète d'Alexis sur lui-même l'amenait à trouver des plaisirs charnels intimes dont Wilfrid s'était aperçu depuis un bon moment; mais ce dernier tâchait d'être discret et son âme magnanime l'amenait à de grande noblesse de cœur. Wilfrid parla quelques moments avec son neveu Armand qu'il ne cessait de remercier. Le courage et la ferveur du jeune homme avaient rassuré son oncle durant les longs mois d'hiver.

Parfois dans les chantiers du pays d'en haut, il s'était senti bien loin de sa femme et des obligations de sa terre.

Le séjour d'Armand dans la maison du cinquième rang avait rassuré le maître des lieux. Armand quitta la maison de son oncle ; Wilfrid l'accompagna sur le perron et lui mit la main sur d'épaule. Armand le regarda en souriant, et s'éloigna gambadant sur la route et lançant des balles de neige mouillées, essayant d'attraper les piquets de clôture.

Diana se reposait dans sa chambre. Wilfrid la regarda soupirer, il s'inquiétait de l'épuisement de sa femme à la fin de son huitième mois de grossesse. Il ne fit pas de bruit, ce soir-là, il coucha sur le *couch* de l'arrière-cuisine.

Alexis se trouvait déjà dans sa chambre où il se sentait trop à l'étroit. La pièce n'incluait qu'un seul lit simple recouvert de draps sombres, et aux murs, une tapisserie délavée et fissurée cachait des planches non planées. À cause du manque d'espace, la porte de chambre s'ouvrait difficilement. Quelques crochets servaient à ranger ses vêtements alors qu'un passage étroit au pied du lit permettait l'accès à la fenêtre du nordet.

Son dénuement extrême montrait la pauvreté de cet homme ; il ne possédait rien et s'accommodait modestement des choses les plus simples. Cela ne l'intéressait guère d'accumuler et de posséder des biens matériels ; d'ailleurs ce détachement complet déroutait et dérangeait.

Aux petites heures du matin, Wilfrid se réveilla fourbu. Les os lui faisaient mal, il était raqué. Il s'étira longuement, et le craquement de ses os brisa le silence de la maison. Se dirigeant vers le poêle, il l'attisa. Un peu de chaleur ferait du bien, car la température de la pièce avait passablement baissé. Il regarda dans la chambre à coucher. Diana se réveillait lentement, elle lui sourit et l'invita à venir s'étendre dans le lit. Diana lui confia qu'elle n'avait pratiquement pas dormi de la nuit; le fait de savoir son tendre époux dans la maison, la bouleversait et elle espérait de tout son être qu'il soit près d'elle.

Aussi, lorsqu'il passa son bras autour de sa poitrine, elle tressaillit, sentant alors la chaleur de son corps; ceci la rendait heureuse elle s'abandonnait dans cette douce étreinte. Mais, ils n'allèrent pas plus loin, l'état de Diana ne permettant pas des ébats trop vigoureux. Wilfrid comprit car même au plus fort de sa passion la raison reprenait le dessus. Cet homme aimait tant sa femme que jamais il ne lui aurait imposé des contraintes et de la douleur.

Les hommes prirent charge de la besogne quotidienne. La population de l'étable s'agrandissait. On assistait parfois à un concert, car les petits animaux marquaient leur présence. Le regain de vie du printemps se manifestait de partout, des ruissellements d'eau coulaient vers les bâtiments, la neige fondait rapidement et un vent doux du sud annonçait que demain serait plus chaud. Wilfrid devint nerveux lorsqu'il constata que les tasseries avaient dangereusement baissé, il se dit qu'il manquerait de fourrage pour les bêtes. Aussi, la fonte rapide de la neige l'inquiétait; il lui faudrait aller chercher du foin chez les Fortin dans le bas du rang.

Le lendemain, profitant de la gelée matinale, il put charroyer le foin. S'il attendait trop, le vrai doux temps l'en empêcherait et alors il ne pourrait le faire qu'en mai. On manquerait sûrement de fourrage pour les animaux.

La chance était de son côté, la température se fit idéale, ce qui lui permit d'engranger deux gros voyages de foin.

Dans l'après-midi, Marie-Anna Pelletier vint rendre visite à Diana. Cette femme, d'un dévouement incomparable, avait aussi comme tâche de délivrer les femmes enceintes du canton. Les accouchements, elle connaissait ça, initiée toute jeune par sa voisine, Adeline Jalbert, qui exerçait la nurserie. Cette dernière avait eu la chance d'habiter aux États où elle assistait un médecin de ville très compétent. Malheureusement, elle ne resta que très peu de temps dans la paroisse. Des raisons de cœur l'ayant amenée vers d'autres horizons.

Heureusement, elle avait légué beaucoup de son savoir à Marie-Anna qui possédait des dispositions naturelles pour la médecine et la délivrance des femmes. Elle était, de plus, très disponible ayant seulement un enfant nommé Josaphat.

Diana respirait mieux maintenant à l'approche de son accouchement. De plus, cette femme d'une grande bonté la rassurait et la réconfortait. Sur les entrefaites, Joséphine, sa belle-sœur, les rejoignit et la sage-femme leur expliqua les choses et utilités nécessaires pour l'accouchement. Joséphine beaucoup plus calme, ayant déjà enfanté trois fois, riait et s'amusait à dire qu'elle était prête à recommencer. On oublie vite la douleur, disait-elle. Marie-Anna reprit : tu peux bien rire, avec tes accouchements faciles, tu pourrais remplir deux maisons d'enfants. Le temps de te coucher que déjà l'enfant apparaît ! Des délivrances comme ça, j'aimerais en faire à la douzaine.

Les trois femmes rirent de bon cœur, ce qui détendit Diana qui se trouva maintenant en confiance. Joséphine, les yeux tout pétillants, se croisa les jambes, car aussitôt que l'on parlait du sensuel le sang lui tournait dans les veines. Sa vie sexuelle lui donnait énormément de jouissance, ce qui parfois rendait « stoïques » les femmes du canton. Car faire la chose était un devoir et celles qui y trouvaient du plaisir devaient se taire ; il fallait se trouver en état de grâce pour la circonstance. L'homme ainsi, dominait ses instincts, son corps et ses jouissances. Il était le maître à bord ; ses satisfactions atteintes, il se préoccupait peu des sentiments et contraintes de sa partenaire. L'honneur et la bravoure jaillissaient sur son visage de conquérant. Après un long soupir, il avait alors fait son devoir.

Heureusement, les trois femmes connaissaient de meilleurs moments. Dans les attentes sexuelles, leurs maris donnaient plus de charme à la chose, surtout Joséphine qui se vantait parfois en cachette à Diana qu'elle n'en avait jamais assez. Après avoir partagé ces secrets, les femmes se séparèrent allant chacune à ses préoccupations. L'horloge au mur marquait déjà le quinze dans le quatre et il fallait préparer le souper.

Faire à manger était à peu près tout ce que Diana pouvait faire maintenant. Elle envoyait même le lavage chez sa belle-sœur. Ce petit bout de femme, toujours belle même dans sa grossesse, manquait de force à la fin. Aussi, la sage-femme avait demandé à Wilfrid d'alléger le plus possible sa besogne, lui disant qu'elle aurait probablement une délivrance difficile à cause de sa grande faiblesse. Alors Wilfrid prit la relève.

Debout maintenant au châssis du sud, son regard inquisiteur ne cessait d'observer le va-et-vient de la maison de son beau-père Charles. Le temps des sucres commencerait et la température y était très propice en ce début d'avril.

La corvée des sucres apportait un surplus de travail. Aussi, la température pourrait être parfois très capricieuse. L'entraide proverbiale entre ces gens les amenait à de grandes valeurs. Wilfrid voyait juste. Le lendemain matin il aperçut par son châssis le père Charles avec sa jument, Lady, battre le chemin pour monter à la sucrerie.

Là-bas dans le sixième rang les choses n'étaient pas aussi faciles. Malgré le doux temps, de grandes quantités de neige demeuraient au sol, restes de ce vigoureux hiver. La jument n'avançait que par sauts et par bonds dans la profondeur de la neige. Le père Charles, debout sur le bacul, traçait le chemin et remplissait les trous laissés par les pattes de sa jument. Il devait arrêter à tous les dix pieds tant ce travail épuisait la bête. Il connaissait bien l'endurance de son cheval, aussi il ne lui en demandait jamais trop.

Lorsqu'il entendit les cloches de l'angélus tinter au loin, il s'arrêta, descendit du bacul, se frotta les mains, tira de sa poche son mouchoir rouge et se moucha, puis fit rebrousser chemin à sa jument et il revint vers les bâtiments. En entrant dans l'étable, il réalisa qu'il avait défoncé la moitié de la montée pour se rendre à la cabane, et qu'après un repos bien mérité, sa jument Lady pourrait continuer dans l'après-midi. Il couvrit sa bête d'une couverture, l'alimenta, sans négliger toutefois, avant de partir, de lui flatter la tête. Cette marque d'affection amenait une communication silencieuse et du réconfort pour les deux.

L'après-midi fut moins laborieux parce que sur la côte la profondeur de la neige était moindre que sur le versant nord. Charles pelleta ensuite la neige qui obstruait l'entrée de la cabane et parvenu à la porte, il eut de la difficulté à l'ouvrir, aussi il maugréa un peu. Il prit sa pelle, en glissa le bout sous la porte mais rien n'y fit, il ne parvenait pas à l'ouvrir. Il mit alors une telle pression sur la pelle que le manche se brisa mais il avait réussi à dégager la porte. Le père Charles bougonnait dans son for intérieur, ne comprenant pas pourquoi on n'obtient jamais rien sans avoir à en payer le prix.

Mais quelle grande joie ce fut pour lui de pénétrer dans la cabane. L'odeur de la sucrerie y avait persisté durant tous ces longs mois. Le père Charles touchait à tout : au réchaud, aux casseroles, aux chaudières et à tout le gréement. Il ressentait une grande joie intérieure. Pour les gens du pays, le temps des sucres faisait oublier la dure période hivernale et en effaçait les traces.

Il prit une grande respiration et sortit de la cabane à sucre. L'après-midi se trouvait dans la demie, le soleil brillait de mille feux, les arbres dessinaient sur la neige des ombres de toutes les formes, un parfum de fraîcheur remplissait la nature. Les oiseaux, se mettant de la partie, volaient de tous les côtés, se permettant un concert de cris divers et inusités. Charles en avait plein la vue et regardait sans bouger, la main sur la hanche et l'autre dans sa longue barbe, bénissant l'arrivée de la plus belle des saisons.

Durant ce temps-là, au cinquième rang, Wilfrid entrait dans la maison et, en s'assoyant, il dit à sa femme Diana que son père devait entailler le lendemain et qu'il s'y rendrait pour la corvée. Ces paysans savaient que l'on rentrait dans une période de beau temps. Ils en connaissaient tous les signes, le sens du vent, les rayons voilés du soleil, et aussi le miroir sur le fleuve au loin : plus il brillait, meilleure serait la journée du lendemain. Le temps des sucres commençait et amenait le plaisir.

Ce soir-là, en se couchant, les hommes pensèrent que le matin n'arriverait jamais. Lorsque Wilfrid se leva, il laissa Diana se reposer. Alexis le suivit et ils allèrent faire le train plus tôt que d'habitude, car cela leur prendrait une bonne heure pour se préparer et se rendre à la sucrerie du père Charles. Malheureusement, dans sa précipitation, Wilfrid oublia de prendre sa tarière. Ils avaient déjà fait un arpent qu'il dut rebrousser chemin. Wilfrid était furieux contre lui-même. Alexis l'attendit assis sur une pagée, s'émerveillant des beautés de la nature.

Alexis avait bien hâte de voir la débâcle du Bras-Riche, cette rivière si attachante, mais pour le moment, rien ne bougeait et la nature n'aimait pas être bousculée.

Lorsqu'ils furent rendus à la cabane, les adultes chaussèrent des raquettes. Tirant des traîneaux plats, ils partirent vers ces majestueux érables dressés comme des monuments aux différentes formes. Les plus jeunes les accompagnaient avec les chaudières et leur poid plus léger leur permettait de porter sur la neige sans trop s'enfoncer. Les hommes perçaient un trou dans l'arbre et y plaçaient un coin pour permettre à la sève de dégoutter dans la chaudière. Alexis était tout mêlé, il se devait de mettre le clou pour soutenir la chaudière, mais les jeunes tournoyant autour le rendaient tout confus.

De la maison, la mère Pamela voyait bouger tout ce monde dans la sucrerie et s'en voulait de ne pouvoir participer à la corvée, mais elle jouissait de voir presque toute sa famille rassemblée pour l'entaillage. Au midi, plus de la moitié du travail était fait, et tant mieux, car sous les chauds rayons du soleil d'avril, la neige devenait de plus en plus molle et rendrait difficile la marche dans la sucrerie. Les hommes en raquettes enfonçaient parfois jusqu'au fondement. La fatigue les gagnait car ils trimaient très dur. Quant aux jeunes, ils étaient déjà rendus à la cabane car la corvée devenait impossible pour eux tant ils calaient dans la neige.

Par bonheur, tôt le matin, le père Charles avait allumé le feu du réduit. Cela permettait aux jeunes de se réchauffer et de se faire sécher. Leurs vêtements étaient si mouillés qu'ils auraient pu les torde. La chaleur leur faisait du bien, le vieux tuyau rouillé en était tout rougi. Une odeur d'humidité et de fumée inondait la cabane et on s'accommodait seulement du strict nécessaire dans ces endroits de fortune. Le temps des sucres ne durait qu'un mois aussi le confort était-il absent des installations.

Les adultes arrivèrent ensuite à la cabane avec dans les mains une chaudière remplie à moitié d'eau d'érable. Le rituel pourrait commencer: boire la première eau d'érable servait de prétexte à exprimer de nombreuses superstitions. Et voyons voir: pour certains, cela purgeait le corps; pour d'autres, ça apportait du bonheur à la longueur d'année; enfin, pour quelques autres, cela éloignait les mauvais esprits. Wilfrid souriait, assis sur le grabat. Pour lui ce délicat élixir était tout simplement un grand délice.

Durant les longues soirées hivernales, le père Charles avait fabriqué toutes sortes de cornets et de moules d'écorce dans lesquels on mettait le sucre d'érable chaud qu'on laissait refroidir. Les friandises de formes variées qui en résultaient gâtaient beaucoup les enfants et les adultes. Finalement, il fallut descendre à la maison sans négliger d'apporter l'eau d'érable pour la maisonnée. Pamela, ravie, ne cessait d'en boire. Quelle douceur de se régaler d'une si bonne chose de la nature.

Pendant ce temps, au cinquième rang, Diana se sentait de plus en plus lasse et désirait le retour des hommes le plus vite possible. Elle ne cessait de penser que la laine des moutons n'était pas encore lavée, ni cardée. Cela la contrariait, elle aurait aimé que cette tâche soit terminée avant son accouchement. Il était trop tard, sa condition ne le lui permettait plus maintenant.

Les hommes arrivèrent enfin pour le train. Ses douleurs à l'abdomen l'abandonnèrent finalement et elle put préparer le souper. Elle remarqua que c'était le premier soir où on prendrait le repas à la clarté du jour, ce qui lui fit réaliser que sa grossesse s'achevait.

Le soleil, juché sur la montagne du lac de Vase, tardait à se coucher. Il semblait vouloir s'arrêter un moment avant de disparaître pour la nuit. Ses rayons répandaient encore une douce chaleur. Diana ne cessait de regarder à la fenêtre du saroit et, songeuse, appréciait la douceur de cette fin de journée.

Durant la soirée, Wilfrid admirait la pleine lune du printemps. Son jaune tendre éclatait sur la ligne d'horizon. L'astre semblait se balancer entre le ciel et la terre.

Joséphine vint passer quelques moments avec eux. Elle s'inquiétait pour sa belle-sœur et gardait toujours un œil sur elle. En plus d'être parentes, elles partageaient une grande complicité et, malgré les quelques années qui les séparaient, elle se complétaient bien. Elle ne resta pas longtemps, constatant la fatigue de Wilfrid et la lassitude de Diana. Avec son expérience de mère, Joséphine savait que le temps de l'accouchement était proche pour sa belle-sœur.

Aussi, rendue à la maison, elle demanda à son mari d'aller «cri» Marie-Anna Pelletier, la sage-femme. Elle ne se trompait pas, vers la demie de la nuit Wilfrid cogna vivement à la porte. Joséphine n'eut pas à parler et accourrait rapidement à la rescousse de sa grande amie. Elle la trouva couchée dans son lit, se plaignant. Elle la prit dans ses bras et la serra bien fort.

La sage-femme avait tout préparé. Wilfrid demanda à Alexis de s'en aller à l'étable. Comme celui-ci dormait profondément, il eut de la difficulté à le convaincre. Alexis partit en maugréant. Pour la première fois, il réalisait qu'il perdait sa place, et il ne pardonnait pas à son neveu de le presser vers la sortie. Rendu à l'étable, il s'allongea en avant des mangeoires des chevaux, enroulé dans une grosse couverture grise en laine du pays.

Marie-Anna, la sage-femme, ne s'était pas trompée, la délivrance fut longue et pénible. Lorsque l'enfant apparut, Diana se trouvait complètement à bout de forces. Mais quel bonheur, le bébé plein de vitalité ne cessait de pleurer. C'est à peine si Diana put apercevoir sa fille tant elle se sentait faible. Elle sombra dans un semi-coma, ce qui inquiétait beaucoup la sage-femme qui dut faire mille prouesses comme de lui mettre des serviettes d'eau froide sur la figure pour la garder éveillée. Diana respirait péniblement. On lui frictionna vigoureusement les jambes avec des flanelles de laine et Wilfrid installa des briques chaudes au pied du lit.

Les résultats se faisaient attendre et ils commencèrent à désespérer. Joséphine priait tout bas tandis que Wilfrid, les larmes aux yeux, tenait la main froide de Diana. Il avait la gorge tellement serrée qu'aucun son ne sortait de sa bouche. La sage-femme sortit de son sac une petite bouteille contenant un remède et en mit quelques gouttes sur la langue de Diana. Elle lui souleva les paupières. Rien n'y fit, la malade ne réagissait pas. Alors, d'une voix autoritaire, la sage-femme ordonna à Wilfrid et à Joséphine de quitter la chambre. Demeurée seule avec Diana, elle souleva vivement les couvertures et imprima de brusques mouvements circulaires sur l'abdomen pour provoquer la sortie du plasma. Elle s'aperçut que l'hémorragie diminuait et commença à reprendre courage. Elle fit aussi respirer des sels à Diana et frictionna à nouveau ses jambes.

Soudain, un grand frisson secoua Diana. Marie-Anna respira enfin et se détendit, sa malade réagissait, elle était sauvée. Du fond de la cuisine, le bébé placé près du poêle criait de tous ses poumons, on aurait dit que lui aussi célébrait la victoire de la vie.

Diana ouvrit lentement ses beaux yeux bleus, elle demanda faiblement à voir son bébé. Quel bonheur! L'enfant souriait maintenant! La maisonnée était remplie de joie.

Ce matin-là, en se réveillant dans l'étable, Alexis constata le bouleversement qui s'était produit au cours de la nuit. Il se dirigea avec amertume vers la maison.

Là, les choses changeaient rapidement. Diana reposait maintenant, son bébé dormait près d'elle. Wilfrid entretenait le poêle, la sage-femme fatiguée se préparait à retourner chez elle. Toutefois, profitant d'un peu de répit, elle prit le temps de s'asseoir pour savourer un thé chaud avec Joséphine qui avait fait réchauffer des galettes à la crème sûre dans le fourneau du haut du poêle. Alors, on dégusta lentement. La maison avait retrouvé son calme maintenant, après cette nuit remplie de perturbations.

Étrangement, on ne se rendit même pas compte de l'arrivée d'Alexis. Wilfrid l'aperçut enfin et lui servit à manger. Il constata l'immense amertume dans la figure de son oncle. Un nouveau venu dans la maison signifiait, pour lui, de grands bouleversements. En effet, Alexis réalisait que la maison n'était pas assez grande et que les deux chambres d'en bas n'étaient pas suffisantes pour loger tous les membres de la famille.

Les deux hommes, bien rassasiés, partirent vers l'étable. Wilfrid se fit rassurant et calma son oncle, lui disant que les choses seraient meilleures et que son grand bonheur d'avoir un enfant lui permettait d'être confiant pour l'avenir.

Le train était presque terminé. Wilfrid laissa son oncle compléter le reste, il attela sa jument et, debout dans sa voiture, se rendit à la maison pour reconduire la sage-femme. En route, il ne cessait de la remercier et de la complimenter sur son travail, ce qui la flatta. Il était conscient de l'état dans lequel se trouvait sa femme avant l'accouchement. La maîtrise de son art avait permis à Marie-Anna de contrôler la situation et probablement de sauver la vie de Diana.

Le printemps passa rapidement au cinquième rang. Le bébé poussait vite et son appétit surprenait ses parents. Par contre, Diana éprouvait beaucoup de difficultés à remonter la côte, sa délivrance l'avait complètement épuisée. Mais la bonne Providence veillait sur elle, Monique, sœur de Wilfrid, viendrait passer quelques mois à la maison. Faire le bardas, elle connaissait ça, ayant dû prendre soin de ses vieux parents durant les dernières années. Monique partit en confiance de chez elle, laissant sa jeune sœur Emma prendre la relève. Leurs parents semblaient mieux ce printemps, mais Emma était en amour. On la voyait souvent dans la lune. Heureusement, son Pépé, très lucide, la ramenait les deux pieds sur terre, sans toutefois la bousculer, car il appréciait grandement le cavalier de sa fille et, aussi, était très heureux pour elle.

Au milieu de mai, Diana put enfin faire un petit tour à l'extérieur de la maison. Elle avait les larmes aux yeux lorsqu'elle foula le sol de son jardin, marchant à travers le chemin des vaches et contemplant le magnifique paysage du printemps.

Un vent doux soufflait de l'ouest, libérant les odeurs fraîches de la terre enfin dégagée de la neige. Une force nouvelle envahissait le corps de la jeune femme, le miracle de la vie faisait encore des merveilles. Respirant profondément, son visage reprenait des couleurs, ses yeux devenaient d'un bleu mystique.

Du chemin d'en bas de l'étable, Wilfrid fendait le bois de chauffage. Ses bras montaient très haut puis rabattaient la hache dans un élan de force herculéenne. Les morceaux de bois volaient de tous côtés. Le poêle de la maison consommait énormément et il fallait garder son monde au chaud.

Soudain, il leva la tête, posa la hache près du tas de bois, sortit son mouchoir pour s'éponger le front puis, se retournant vers la maison, il aperçut sa femme qui se promenait dans le jardin. Son sang se retourna dans ses veines. Il prit de grandes respirations et sentait une immense joie l'envahir. Quel bonheur de voir les forces de Diana prendre le dessus. De tout dans son être, il remerciait la Providence.

Wilfrid était un homme d'une rare patience, d'une profonde délicatesse et d'une grande noblesse de cœur. Le grand amour qu'il portait à sa femme communiquait à ses gestes une douceur peu commune pour cette époque. Mais la privation sexuelle des derniers temps arrivait à ses limites et ses désirs naturels s'exprimaient de plus en plus fortement. Ce printemps extraordinaire donnait des impulsions créatrices à tout ce qui bougeait dans la nature.

CHAPITRE IX

Le train-train quotidien continue

ANS LE CINQUIÈME RANG, tout rentrait dans la quiétude et la routine. C'était bien différent à la maison du père Charles! Il est vrai que les enfants grandissaient rapidement et que les jeunes hommes commençaient à être une aide précieuse pour les travaux de la terre. Pamela avait eu cinq filles en premier, ce qui avait fait perdre tout espoir à Charles. Aussi, lorsque les garçons arrivèrent, ils furent les bienvenus. Les filles ne parvenaient pas à accomplir toutes les tâches de la ferme, toute la maisonnée fondait donc beaucoup d'espoir en Joseph qui atteignait maintenant sa onzième année.

Un événement malheureux bouleversa la famille durant l'hiver. Philomène, qui s'était mariée depuis peu, résidait au village. Elle avait ainsi rejoint son beau grand jeune homme au visage sérieux et aux yeux noirs d'une profondeur inquiétante. Ils vivaient maintenant chez ses beaux-parents, Alfred Lord et son épouse.

La précipitation du mariage avait choqué le père de Philomène. Il avait été profondément mécontent d'avoir été le dernier informé de la condition de sa fille. Il avait dû mettre son orgueil de côté pour accomplir des gestes qui lui répugnaient.

Au Jour de l'an, sa femme Pamela avait remarqué la rondeur de sa fille et ses haut-le-cœur fréquents. Elle devint inquiète pour elle et se sentit bouleversée dans tout son être. Lorsqu'elle en parla à Philomène, cette dernière éclata en sanglots avant de lui avouer l'amour qui la liait à l'homme qui l'avait déshonorée.

Pamela le prit difficilement. Elle se mit à trembler de tous ses membres et son corps devint tout moite. La pauvre femme, déjà accablée par une santé fragile et écrasée par les corvées quotidiennes exigées par sa grosse famille, ne pouvait en prendre d'avantage. Elle s'assit au bord du lit, incapable de parler pendant que de grosses larmes inondaient ses joues. Après s'être reprise, alors que Philomène se tenait à la fenêtre du nordet, Pamela se leva et marcha vers sa fille, qui ne se retourna pas. Elle lui demanda comment on pourrait annoncer la chose à son père. Philomène ne broncha pas, elle ne voyait aucune solution. Les deux femmes mirent alors leur tablier, poussèrent la porte et se rendirent à la cuisine.

Adélaïde fut surprise l'oreille collée à la porte de la chambre. Oh malheur! Elle tournait maintenant en rond, les boucles de ses cheveux frisés volaient de tous côtés. Elle n'avait rien d'une sotte et l'entrevue mère-fille, dans la chambre, ne venait que confirmer ses soupçons. Elle sentait bien que sa sœur était différente depuis quelque temps et que son corps se transformait. Elle se rappelait les derniers beaux jours du mois d'août où elle avait manqué à son rôle de chaperon. Sa gourmandise l'avait amenée à se diriger vers les pommiers du champ des veaux, négligeant ainsi de surveiller sa sœur et son cavalier. Profitant de son inattention, les amoureux avaient disparu dans la nature. C'est ainsi qu'Adélaïde, assise sur une pagée de clôture, était à croquer sa cinquième pomme lorsqu'elle s'avisa de se retourner pour jeter un regard vers les amoureux. Elle constata leur disparition. Sans se presser, elle finit sa pomme et s'en alla en trottinant aux bâtiments, croyant que les amoureux se trouvaient maintenant dans la maison.

Mais elle dut ralentir, sa course car des besoins naturels pressants la forçaient à modérer. Passant près de l'étable, elle y entra afin de se soulager. Elle en profita pour voir si les poules avaient pondu et s'attarda à observer le coq qui faisait sa cour aux poules en tournoyant autour d'elles, les ailes étendues touchant presque le sol. Ses yeux vifs éclataient, sa crête rouge sang avait la raideur d'un couteau fraîchement aiguisé. Il coqueriquait en émettant des sons étranges qui semblaient rouler dans le profond de sa gorge. Adélaïde en avait plein la vue, ce spectacle lui plaisait. Ce petit bout de femme rondelette n'aimait pas les problèmes et la routine quotidienne qu'elle fuyait. Toute sa nature tendait vers l'humour et la fantaisie, ce qui lui donnait un caractère jovial et une humeur agréable. Elle prenait beaucoup de place dans la famille dont elle était le boute-en-train.

Hélas! elle ne s'aperçut pas que l'heure courait, il se trouvait déjà vingt minutes dans le trois. Elle sortit précipitamment de l'étable et s'engagea dans le chemin de la maison. Tout à coup, elle vit les tourtereaux descendre du chemin de la sucrerie. Elle s'arrêta brusquement puis décida de marcher à leur rencontre. Philomène et Ferdinand, la main dans la main, éclataient de bonheur. Ils souriaient à pleines dents et leurs yeux étincelaient de joie. Adélaïde ne put que taquiner sa sœur en la voyant de si bonne humeur, elle lui demanda si elle avait vu le bon Dieu de l'autre côté de la côte. Tous trois éclatèrent de rire et se dirigèrent vers la maison.

Cette fin d'après-midi projetait les plus belles teintes de l'été. Le ciel d'un bleu profond faisait briller un soleil sans nuages et malgré la fin du mois d'août, il dégageait encore des rayons chauds. Tout était harmonieux dans la nature qui offrait encore un beau spectacle. Les montagnes et les vallées donnaient l'impression de participer à un concours de couleurs. Les foins follets des pâturages baignaient dans l'ocre et se mêlaient dans une allégorie de couleurs qui adoucissaient cette fin de saison.

Nous nous trouvons maintenant dans la deuxième semaine de janvier. Pamela, épuisée, éprouvait énormément de difficulté à manger et perdait de l'appétit de jour en jour. Elle dut prendre le lit. Le père Charles, cet homme stoïque et peu jasant, s'inquiétait beaucoup de la santé de sa femme.

Contrairement aux habitudes des cantons où on ne se voisinait pas dans la matinée, Arthémise Chouinard vint dans l'avant-midi visiter sa voisine. Elle était au courant de sa grande faiblesse et de son désarroi, aussi avait-elle décidé de venir s'enquérir des malaises de son amie. Les deux femmes parlèrent et discutèrent longuement dans la chambre. Pamela gardait le lit depuis quelques jours. Lorsque Arthémise sortit pour retourner chez elle, son visage semblait bouleversé. À l'extérieur, elle croisa le père Charles et essaya d'éviter son regard. Il ne l'entendit pas de cette façon. Il fit quelques pas avec elle en lui demandant comment elle avait trouvé l'état de sa femme. Arthémise aurait bien voulu ignorer la question de son voisin, mais rien n'y fit, elle devait maintenant faire face à la conversation, car l'état d'âme de Charles l'inquiétait. Elle se tourna vers son voisin en le regardant droit dans les yeux et sans ménagement lui dit qu'il devrait avoir une sérieuse conversation avec Pamela, car la pauvre femme souffrait énormément dans son for intérieur, et c'est ce qui détruisait sa santé. Ensuite elle se dirigea rapidement chez elle.

Charles resta bouche bée. Sa longue barbe, qui descendait sur son maquéna, lui donnait un visage inquiet. Il déposa sa fourche près de la galerie et rentra dans la maison. Adélaïde avait pris la relève, une grosse chaudronne de soupe aux pois se trouvait sur le poêle, elle en avait déjà retiré les morceaux de lard salé. Battant sans arrêt des œufs à la fourchette, elle se préparait à faire une omelette aux patates.

Charles prit Rose dans ses bras et la fit sauter sur ses genoux, il était très fier de son bébé qui le lui rendait bien. Rose souriait facilement et avait été privilégiée d'une rare beauté. Son père l'appelait sa belle « catin », ce qui était un mot élogieux dans le temps. Le brave homme aimait catiner sa petite fille.

Les garçons ainsi que les filles s'approchaient maintenant de la table, Charles ne se fit pas prier non plus. Adélaïde déposa le chaudron de soupe et Phébé ne perdit pas de temps à tremper la soupe aux convives. S'apercevant du retard d'Adélaïde, il offrit de lui aider, ce qui lui donna un répit. Elle avait le visage tout rouge tant le poêle dégageait de chaleur. L'omelette avait collé, elle était trop lente et manquait d'habitude pour contrôler la cuisson des aliments. Aussi souhaitait-elle, dans son for intérieur, le retour rapide de sa mère pour le bardas quotidien.

Lorsqu'elle s'approcha de la table pour manger à son tour, après avoir servi tout le monde, sa soupe était déjà refroidie. Elle avait oublié que sa mère, lorsque chacun était servi, remettait la chaudronne sur l'arrière du poêle pour la garder au chaud. Elle rouspéta un peu, mais sa bonne humeur reprit vite le dessus.

Joséphine donnait à manger à Rose, la petite de trois ans. On ne la laissait pas manger seule, car elle lançait tout en l'air, surtout lorsqu'elle était assise à côté de son père qui lui passait beaucoup de caprices. Il était incapable de la réprimander tant il l'aimait, ce qui parfois irritait les autres membres de la famille. Mais le bébé de la maisonnée avait presque tous les droits, c'était une coutume établie à travers les générations.

Lorsque tous furent rassasiés, le père Charles se dirigea vers la chambre. Pamela qui sommeillait, ouvrit les yeux en l'entendant entrer. Elle lui sourit, la visite de sa voisine Arthémise lui avait fait du bien. Charles tira la chaise du coin et s'assit près du lit. Pendant quelques minutes, il ne prononça pas un mot. Pamela l'observait à la dérobée, consciente de la gravité du moment. Tout en elle palpitait et elle se sentait très agitée.

Charles comprit son désarroi et n'osa pas la questionner tout de suite. Il croisa sa jambe et flatta sa longue barbe. Pamela devina son impatience, aussi se décida-t-elle à parler. Tout d'abord, pour briser la glace et échapper au regard inquisiteur de son homme, elle s'informa de l'état des bêtes de l'étable. Mais il n'ouvrit pas la bouche, faisant simplement un geste de la tête. Alors elle releva son oreiller et s'assit dans le lit, avec l'intention de faire face à la situation.

Elle prit une grande respiration et se mit à parler à voix basse, lui racontant tout sur Philomène et la raison pour laquelle elle s'organisait toujours pour être en haut lorsque son père rentrait à la maison. Charles l'écouta sans poser aucune question, ce qui ne facilitait pas la tâche de Pamela. Elle en fut complètement épuisée, des larmes coulaient sur ses joues creusées par le chagrin. Elle se sentait démunie et malheureuse.

Charles reporta la chaise où il l'avait prise dans le coin de la chambre et revint vers le lit de sa femme. Sans dire un seul mot, il borda les draps autour de son corps et lui serra les mains fortement. Pamela s'aperçut qu'il avait les mains moites et que ses yeux bleu vif étaient rougis. Il quitta la chambre la tête basse, on le sentait dépassé et rageur mais également compatissant envers Philomène.

Il s'habilla chaudement et quitta la maison sans un mot. Il se rendit sans hâte à l'étable. Le plus vieux s'y trouvait déjà à dégager le fumier des vaches. Il s'aperçut que son père agissait différemment, mais le père Charles fuyait son regard. Il s'approcha de lui et lui demanda ce qui se passait. L'homme démoli et dévoré par le chagrin secoua la tête sans répondre et se mit à étriller sa jument. Son cheval était très important pour lui. Tout comme son maître, il avait fière allure et se comportait toujours dignement. Son trot rapide et nerveux réjouissait Charles. Aussi, par cette journée de fin de janvier, le père Charles y allait avec cœur, l'étrille frottait le cheval de tous les côtés. Toujours intrigué, son fils Joseph n'osa pas lui demander ce qui se passait, il préféra l'observer discrètement. Ce travail terminé, Charles se rendit dans le porche de la grange, enleva un peu de neige dans le berlot, tira la voiture et la prépara pour le départ.

Joseph se demandait confusément ce qui se passait, ne comprenant absolument rien à la situation. Alors il décida de se renseigner à la maison. Il y trouva l'atmosphère bien lourde. Entre-temps, Pamela envoya Adélaïde chercher Philomène en haut, elle demanda également à Phébé et à Joséphine de venir les rejoindre dans la chambre. Les quatre filles autour du lit de Pamela sentaient que quelque chose de sérieux allait se passer.

À leur grande surprise Pamela demanda à se lever, ce qui fit la joie des grandes filles. Elles lui approchèrent la chaise du coin. De voir leur mère réagir de cette façon, après avoir été alitée pendant trois jours, leur ramena un peu d'espoir.

Les cinq femmes discutèrent ensemble, car on l'imagine bien, toutes étaient au courant des problèmes de Philomène. Elles parlaient toutes en même temps et voulaient savoir comment leur père prenait la nouvelle. Elles connaissaient sa fierté et son caractère parfois violent. Pamela les rassura, leur disant qu'il s'était montré d'une grande dignité et quelle l'appuyait entièrement.

La journée avançait maintenant, tous et chacun retournèrent à leurs occupations. Après le train, le père Charles rentra et s'assit dans sa chaise près du châssis du sud. Lorsqu'on servit le souper, il ne s'approcha pas de la table, ce qui surprit la famille mais personne ne le questionna. Pamela sentit l'atmosphère tendue de la maison. Malgré sa grande faiblesse, elle décida de se lever et alla vers sa chaise, près du poêle, une grande écharpe de laine du pays jetée sur ses épaules. Phébé lui servit du thé chaud, sa mère la remercia d'un tendre regard.

À la surprise de tous, Philomène descendit pour le souper familial. Elle ne cessait de fixer son père au regard si affligé et au comportement si distant; elle était parfaitement consciente de la douleur que son état lui causait. Philomène occupait une si grande place dans son cœur, il admirait tellement ce petit bout de femme pleine d'énergie et remplie de nouvelles idées. Il aimait la voir s'impliquer dans tout et appréciait la détermination qu'elle mettait à parvenir à ses buts. Il en était très fier. Il retrouvait en elle sa propre ténacité. Elle était bien de sa race.

Tôt le lendemain matin, le maître de la maison se lavait à grands gestes dans un bassin de granit gris placé sur la pantry. Ceci laissait présager des événements importants. On ne s'était pas trompé. Après ses ablutions à l'eau fraîche, Charles se dirigea vers sa chambre et lorsqu'il en sortit, son allure avait changé. Vêtu du complet sombre des grands jours qui lui donnait un air princier, il demanda à son fils Joseph de l'aider à atteler la jument.

De son côté, Pamela s'était traînée de peine et de misère jusqu'au châssis du saroit lorsqu'elle vit passer le berlot de son homme. Elle était très inquiète, car tard dans la nuit, lors d'une conversation avec son mari, il lui avait confié que l'honneur de la famille serait sauf et qu'il avait la ferme intention de se rendre chez Alfred Lord pour le sommer d'honorer l'engagement immature de son fils. C'est de cette façon seulement que la réputation des deux familles pourrait être préservée.

La traversée de Charles dans le village souleva des interrogations aux quatre coins de la route. Le gros Valère, qui se dirigeait vers la boutique de forge, en resta la bouche ouverte; il soupçonnait un étrange secret. Il entra dans la forge et sa voix forte en mis plein les oreilles. Arthur, forgeait les chevaux sans porter attention à ses commentaires, mais les jaseux du coin, qui se tenaient près de la truie poêle tonneau rougie par la chaleur, s'interrogeaient sur la véracité des racontars du gros Valère. On se disait qu'en effet rarement le père Charles se rendait sur la route du saroit. On en fit une conversation d'une grosse heure, chacun y allant de ses ragots.

Arrivé à la maison des Lord, Charles laissa sa jument et sa voiture près de la galerie. Comme par hasard, Ferdinand sortit de la maison à peine habillé, malgré la froide température, et s'offrit à conduire le cheval à l'étable. Charles ne daigna même pas le regarder ni lui répondre et avança droit devant lui. Son allure austère lui donnait un air théâtral. Ferdinand comprit le message, mais amena quand même la jument à l'étable. Il mit du temps à revenir, une inquiétude sourde l'envahissait, tout en lui se questionnait, des chaleurs lui montaient au visage et ses mains moites tremblaient.

Après avoir pris soin de la bête, Ferdinand se décida à revenir à la maison. En entrant dans la cuisine, il ne vit personne, ce qui lui fit comprendre la gravité de la situation. Sa nervosité augmentait, il alla au lavabo et peigna ses cheveux embroussaillés devant le miroir. Il s'étonna de la pâleur de son visage. Prenant de l'eau dans ses mains, il s'aspergea la figure en se frictionnant. Il se demandait quelle attitude prendre pour se rendre au salon.

À son arrivée les deux pères se levèrent d'un bond. Sa mère resta assise, la tête baissée. Alfred demanda à son invité Charles de se rasseoir, mais ce dernier ne broncha pas. Alors Alfred Lord, en mots brefs, mit son garçon au courant du pourquoi de la présence du père Charles, ainsi que de la raison de sa démarche. Une atmosphère lourde flottait dans la pièce, tout le monde retenait son souffle. Le moment était grave, les gestes, les mots et les attitudes de chacun en témoignaient. Charles, au milieu de la pièce, ne bougeait toujours pas. Il se tenait comme un soldat, au garde-à-vous, son attitude impressionnait.

Ferdinand comprenait le désarroi de ses parents et de son futur beau-père. Tous les regards étaient posés sur lui, ses jambes tremblaient et il était à bout de salive. L'ultime démarche qu'il se devait de faire lui glaçait le sang dans les veines. La demande en mariage le faisait paniquer et rendait ses idées confuses. Les pensées les plus diverses trottaient dans sa tête à une allure vertigineuse. Ce geste solennel engagerait tout son futur et écourterait d'une façon brutale sa tumultueuse jeunesse.

Il ne pouvait plus reculer maintenant devant l'accord sans conditions des parents. Il s'exécuta timidement et fit sa demande la gorge serrée. Avec beaucoup de nostalgie, il comprit tout ce qu'il abandonnait. Mais l'épée de Damoclès venait de tomber !

Satisfaits, Alfred Lord, sa femme et le père Charles se rassirent. Alfred Lord alla vers le sidebord et en sortit le flacon d'eau de vie. Tous prirent une rasade bien méritée, ce qui contribua à détendre l'assemblée. Les parents avaient auparavant conclu les arrangements nécessaires tels que la date du mariage qui devait être célébré le plus vite possible pour sauver l'honneur. Quand tout fut conclu, tout le monde se sentit plus détendu. La conversation se continua un moment autour des choses quotidiennes de la vie.

Hélas! Ferdinand avait déjà quitté la pièce!

1911 – Ferdinand le noble (dit Fardinand)
et son épouse Philomène Hunter

CHAPITRE X

La cabane à sucre

PLUS TARD, au début du printemps, à la cabane à sucre, pendant que Charles faisait bouillir l'eau d'érable, son cœur se chagrinait du départ précipité de sa chère Philomène. Il se disait, dans son désarroi, que la vie lui arrachait une partie de lui-même.

En ce dimanche du 17 avril, on se préparait fébrilement à la maison du nordet, et tous participaient au branle-bas. On organisait une partie de sucre pour la parenté, comme on le faisait chaque année. Le train se fit très tôt, on tassa les animaux de l'étable pour faire place aux chevaux des visiteurs. Pamela, Phébé, ainsi qu'Adélaïde, préparaient à manger depuis le matin. Des chaudrons de patates se trouvaient sur le poêle, à côté d'une grande lèchefrite remplie de deux gros morceaux de bajoue de porc qui avaient été boucanés au cours des semaines précédentes par le bonhomme Saint-Pierre du septième rang, qui seul, possédait la recette pour faire la meilleure viande boucanée du canton. Dans le haut du poêle était placé un grand chaudron de beans au lard déjà cuites. Sur la table Pamela tranchait sans arrêt des morceaux de porc salé qu'elle conservait dans un quart de saumure, dans un coin de la cave. Cette solution saline gelait les mains de la pauvre femme, elles étaient toutes rougies et gercées. Mais on disait quelle réussissait les meilleures grillades de la paroisse. Sur le poêle, se trouvaient deux grands et lourds poêlons en fonte, prêts à griller les tranches de lard.

Aussitôt la grand-messe terminée, la parenté du village et des rangs commença à arriver. Le père Charles avait la réputation d'être un bon sucrier. Ce dimanche-là, personne de la maison ne put se rendre à l'église tant la corvée occupait tout le monde.

Alexis et Charles se trouvaient déjà à la cabane depuis tôt le matin. La coulée de la veille avait été bonne et, en plus, l'eau était bien sucrée. De toutes les casseroles une vapeur blanche montait en tourbillonnant jusqu'au plafond de la cabane et s'engouffrait dans la cheminée de bois reliée au toit. Une bonne odeur se répandait à la grandeur du bâtiment. Alexis ne cessait de rentrer des bûches de bois franc pour alimenter le feu du réchaud. Charles l'arrêta car il lui fallait faire une coulée, le réduit ne cessait d'épaissir. Il soulevait sans cesse sa palette pour compter les gouttes qui en tombaient.

Voilà! C'était prêt! Rapidement les deux hommes saisirent la casserole avec grande précaution et la retirèrent du feu. Ils en étaient rouges de chaleur. Charles, maintenant, puisait d'un geste rapide le précieux liquide et le mettait à refroidir dans une canisse de fer blanc. Le sirop d'une couleur de miel d'automne lui paraissait à point. Alexis en fit refroidir une demi-tasse qu'il but presque d'un trait. Charles ne resta pas indifférent et lécha sa palette avec délice. On ne s'attarda pas trop longtemps et on remit la casserole à sa place. Alexis, à nouveau, remplit de bois le feu du réchaud.

L'avant-midi passa vite. Sur le coup de l'angélus, Joseph arriva avec les victuailles. L'ouvrage les pressait trop, ils n'avaient pas le temps de descendre à la maison pour dîner. Les feux se trouvaient à leur plus haut; le danger d'incendie les guettait. Alors on s'assit au bord du grabat du bouilleu afin de manger un peu avant la partie de sucre.

Déjà, dans le chemin du rang, les voitures à chevaux ramenaient les paroissiens de la messe. Joseph redescendit aussitôt de la cabane, se changea rapidement, car il devait prendre soin des chevaux des invités qui arrivaient. Wilfrid et Diana furent parmi les premiers. Pamela jubilait, elle prit sa petite-fille dans ses bras et la serra bien fort, elle ne l'avait pas vue depuis son baptême. Toute à sa démonstration de tendresse, elle en oubliait pratiquement les autres invités.

Surprise générale! Ferdinand et Philomène arrivaient eux aussi! Malgré ses sept mois dans la demie, de grossesse, pour rien au monde Philomène n'aurait voulu manquer la fête. Le nouveau marié maugréait un peu ce matin, mais sa jeune femme, elle, ne portait pas à terre. Rien ne l'aurait empêchée de venir dans le grand nordet. Alors Ferdinand avait sorti sa belle sleight à patins, il faut dire qu'il possédait la plus belle du village. Une grande peau de carriole pendait sur le dos du siège, faisant des vagues lorsque la jument trottait et donnait une allure prussienne à la sleigh. Le cheval avait une allure princière. Philomène blottie près de son homme, emmitouflée de peau de fourrure, avait l'air d'une poupée.

Ferdinand, droit comme un clocher d'église, tenait les cordeaux-guides fraîchement cirés à l'huile de bœuf. Lorsqu'on porte le nom de Lord, il faut y faire honneur, car l'élite de la paroisse se doit de se démarquer, noblesse oblige!

La maison se remplissait, les gens du huitième rang arrivaient à leur tour. Le patriarche Mathew, dans sa soixante et dixième année bien sonnée, se tenait droit comme un soldat. Sa jeune femme Florine avait amené ses cinq enfants, ils étaient du même âge que ceux de son beau-fils Charles. Tout ce petit monde courait à la grandeur de la maison. Le repas était prêt. On invita les adultes à s'asseoir autour de la table tandis que les enfants mangeraient sur des coffres de bois posés par terre dans un coin de la cuisine. Une ambiance de joie flottait partout. Il faut dire que la température s'était mise de la partie. Un soleil radieux brillait dans un firmament sans nuages, un vent doux du sud soufflait dans la campagne annonçant sûrement les grandes pluies du printemps pour bientôt.

À deux heures précises, tous s'engagèrent sur le chemin de la cabane. Pour la circonstance on portait des chaussures à rubbers, car la neige en sel et la boue rendaient parfois la montée difficile. À la cabane, le père Charles était prêt, déjà le sirop bouillait dans la casserole du poêle à sucre en faisant de gros bouillons dorés qui montaient en écume. Alexis distribuait des palettes de bois à tout le monde. Lorsque son père entra dans cabane, il l'ignora complètement. Sa belle-maman Florine prit immédiatement sa place près de la casserole, ce n'était un secret pour personne, tous savaient quelle ne la quitterait pas avant la fin. Elle avait une passion dévorante pour les sucreries!

Tous se tenaient le plus près possible de la casserole pour se régaler. Les adultes, avec deux ou trois palettes dans les mains, apportaient sans arrêt de la tire chaude aux enfants. On voyait bien que tout le monde appréciait les délices de la tire d'érable.

Alexis se trouvait à l'extérieur maintenant, jouant avec les garçons qui ne cessaient de se lancer des balles de neige qui volaient dans toutes les directions. Il riait de bon cœur, jusqu'à ce qu'une balle lui aboutisse en plein visage. Furieux et rageant de tout son être, il saisit un bout de bâton et se mit à courir dans tous les sens afin d'attraper le coupable. Mais il ne réussit pas, il s'enfonçait de plus en plus dans la neige mouillée. Par hasard son frère le vit, il sortit et le remit à l'ordre. Il lui demanda de quérir de la neige propre pour y étendre la tire. Alexis prit la pelle, alla dans le sous bois en chercher et la tapa bien fort dans une auge de bois.

Au même moment son frère arrivait avec sa puise de métal blanc remplie de tire chaude. Tous sortirent de la cabane en le suivant comme des moutons mais Florine ne bougea pas, elle continuait à saucer sa palette dans la casserole. Son mari, Mathew, assis sur le bord du grabat du bouilleu, fumait tranquillement sa pipe. En se tenant éloigné ainsi des autres, il espérait pouvoir cerner son fils Alexis pour enfin lui parler. Mais celui-ci gardait ses distances, ce qui le chagrinait beaucoup.

À l'extérieur, les invités rassasiés finissaient de manger la tire sur la neige. La température était si clémente que la plupart préférèrent rester dehors. Dans la cabane, la casserole retirée du feu refroidissait lentement sur un banc de bois. Le temps était venu pour le sucrier d'en faire du sucre d'érable, il ne cessait d'avertir les sauceux de la température extrême du sucre. Il disputa un peu lorsque Zéphirine, sa jeune demi-sœur, se brûla la langue. Il regarda sa belle-maman Florine qui, tout en continuant à manger, trouvait ça drôle. Il fronça les sourcils et haussa la voix envers les imprudents.

Son beau-fils Wilfrid apportait les moules d'écorces et de bois en y coulant délicatement le sucre chaud qu'on ne devait démouler que le lendemain. La fête achevait, certains se dirigeaient déjà vers la maison. Pamela s'y trouvait et gardait les plus jeunes, ainsi que sa chère petite-fille Lalâ.

Le patriarche Mathew sortit de la cabane en cherchant à voir où se trouvait Alexis. Peine perdue, il était déjà parti courir les érables sur le versant sud. Mathew baissa tristement la tête pour dissimuler son chagrin.

Charles demanda à son beau-fils de prendre la relève du travail de la cabane, car il restait deux tonneaux d'eau d'érable à bouillir. Wilfrid, flatté, se mit à la tâche. Charles descendit alors avec son père à la maison, partageant avec lui le chagrin que lui causait l'éloignement d'Alexis. Il se faisait un bonheur d'accompagner son vieux père, car malgré les bouleversements survenus dans leur famille, ils étaient restés très près l'un de l'autre.

En bas, Joseph attelait les chevaux l'un après l'autre. Les sleighs et les traîneaux, en passant devant la maison, prenaient les invités qui, comblés et fatigués, s'engouffraient dans les voitures qui partaient dans toutes les directions. Les remerciements fusaient de partout, tous avaient énormément apprécié la partie de sucre.

Pamela s'écroula dans sa chaise berçante près du poêle tandis que le père Charles cognait des clous dans sa chaise. Ils étaient épuisés. Comme le disait si bien Pamela : « La partie de sucre, c'est la fêtes des autres. » Elle s'endormit à son tour.

La période des sucres fut très bonne aussi, lorsqu'elle arriva à son terme, c'est avec regret qu'Alexis retourna au cinquième rang. Il avait énormément apprécié cette période de l'année. La vie de famille, chez son frère Charles, le distrayait et comblait le vide de son existence.

Mais les garçons, en vieillissant, commençaient à le taquiner malicieusement et parfois à se moquer de lui. Il s'en apercevait, mais feignait l'indifférence. Tous ces jeunes, autour de lui, l'amusaient pleinement. Le père Charles avait beaucoup apprécié l'aide précieuse que lui avait apportée son frère Alexis pendant le temps des sucres. L'organisation lui causait un surplus de travail et la collaboration d'Alexis était grandement considérée.

Durant un soir de bouillage à la cabane, Alexis avait confié à Charles son désir d'aller habiter chez lui. Depuis l'arrivée du bébé Caron, chez Wilfrid et Diana, il se sentait de trop. Les parents, tout à leur bonheur, oubliaient parfois sa présence. Il sentait profondément qu'il avait perdu sa place.

Charles l'écouta longuement. Avec regret et le cœur brisé, il essaya de lui faire comprendre l'impossibilité où il se trouvait de l'accueillir chez lui. Il ne parvenait même pas à subvenir aux besoins constants de sa nombreuse famille qui vivait dans une grande pauvreté. Charles convainquit son frère de retourner chez les Caron. Dépité, Alexis quitta la cabane en bougonnant et ne réapparut pas, il s'était réfugié à l'étable d'en bas où il passa la nuit.

Le mois de mai arriva enfin, le plus beau de l'année. Les prédictions s'étaient réalisées : le printemps fut magnifique, plus aucune trace de neige ne couvrait le sol, on commençait même à sortir les animaux à l'extérieur de l'étable tant les nuits étaient douces.

Un bel avant-midi de mai, Pamela s'assit sur la galerie pour quelques heures. Elle cardait la laine des moutons dans des gestes rapide, la peignait, faisant monter un tas qui ressemblait à s'y méprendre à l'écume de la rivière d'en haut lors de sa descente rapide, cette écume qui se reposait pour quelque instant dans le lit de la rivière en s'entassant en montagnes de mousse.

Le père Charles charroyait le fumier sur les labours frais du printemps, il lui semblait que le tas ne baissait pas. Adélaïde et sa sœur Phébé avaient été assignées aux tâches quotidiennes de la maison. Joséphine, quant à elle, continuait ses classes tout en trouvant l'école bien loin, mais elle marcherait au catéchisme à la fin de mai, après quoi ses cours seraient terminés. Le reste de la saison passa bien vite.

CHAPITRE XI

Départ pour la grande ville

QUELQUES ANNÉES PLUS TARD, on se trouvait en 1908, et dans le canton du nordet la vie continuait. La tante Adéline, la sœur de Charles, vint en visite à la maison et parla longuement avec sa nièce Adélaïde, lui vantant la vie plus facile à Montréal. Adélaïde décida donc de partir pour la grande ville au cours de l'été. Phébé, avec ses seize ans, se considérait adulte maintenant et apte à prendre la relève, assistée de Joséphine qui prenait déjà beaucoup de responsabilité. Elles étaient toutes deux bien précoces pour leur âge et les garçons de la paroisse rôdaient dans les parages.

Adélaïde, du haut de ses cinq pieds, ne cessait de taquiner ses sœurs. Elle tentait parfois de ralentir leurs trop grandes ardeurs envers les garçons dont les beaux discours et les grandes promesses, disait-elle, ne déboucheraient que sur une vie de misère dans les pays d'en bas. Elle leur disait qu'en ville elles auraient une vie bien plus intéressante et plus trépidante. Elle les mettait en garde contre l'empressement presque bestial de ces jeunes loups qui, comme elle le disait si bien, ne pensaient qu'à remplir les femmes qui donnaient ensuite naissance à tous les ans à de nouveaux rejetons. Mais elle parlait dans le vide, ses deux sœurs se pâmaient devant les beaux mâles qui tournaient autour d'elles.

Adélaïde partit pour Montréal le mois suivant.

Elle fut émerveillée par la grande ville. Sa tante lui trouva du travail chez des bourgeois d'en haut de la côte, rue Sherbrooke. Adélaïde nageait dans le bonheur et jouissait de son nouveau confort : l'eau courante dans la maison, de grandes pièces pleines de fenêtres, des meubles si gros qu'ils prenaient presque toute la place, surtout, de la chaleur dans chaque pièce ! Plus jamais elle n'aurait froid ! Adélaïde se sentait comblée devant tant de merveilles. Elle avait même sa propre chambre et sa propre toilette au troisième plancher.

Mais l'euphorie ne dura pas longtemps. Pour tout ce beau confort, Adélaïde eut un fort prix à payer. Les bourgeois pour qui elle travaillait étaient des gens très exigeants et très hautains. Leur petit chien, Zoulou, recevait cent fois plus d'égards que la pauvre servante.

Ce soir-là, dans sa chambre sous les combles, Adélaïde se remémorait ses jeunes années passées à la campagne et regrettait amèrement sa douce enfance où elle était reine chez elle. Une immense tristesse l'envahit et de grosses larmes se mirent à couler de ses beaux yeux pers.

À la campagne, dans la vallée du Bras-Riche, les années coulaient lentement. Au cinquième rang, Alexis vieillissait prématurément, il dépérissait et cela affectait son caractère, il ne parlait presque plus. Il ne manquait cependant jamais la chance de prendre le chemin de la traverse pour se retrouver dans la famille de son frère

Charles, au canton du nordet. Heureux, il allait à la pêche, accompagné de son neveu Joseph et d'un ami de celui-ci, Maxime, un voisin. Ces deux garçons ne se séparaient presque jamais. On les retrouvait toujours quelque part dans la nature. Chasser et pêcher occupait presque tous leurs loisirs.

C'est le père Charles qui les avait initiés très tôt à la vie des bois en les emmenant trapper les animaux à fourrure, ce qui les obligeait parfois à coucher à la belle étoile sur des tas de branches de sapins. Les deux jeunes hommes appréciaient énormément l'expérience du père Charles et la confiance qu'il mettait en eux.

Ce dernier tenait lui-même son savoir de son père, le patriarche Mathew, ce coureur des bois qui connaissait la Côte-du-Sud comme sa main. Son père était agent de la Couronne britannique du gouvernement du Bas-Canada, ce qui lui faisait ouvrir toutes les portes des Seigneuries de la région.

Mais la partie n'était pas facile pour les deux compagnons, la vie dans la forêt comportait parfois son lot de surprises et l'école buissonnière n'y avait pas sa place. Chacun à son tour se devait de prendre la relève pour alimenter le feu et faire la tournée des pièges, ce qui parfois, devenait pénible tant les pièges se trouvaient éloignés du campement.

Néanmoins, les choses changeaient rapidement à la maison du sixième rang. Il ne restait maintenant que les trois garçons et la petite Rose. Phébé et Joséphine s'étaient mariées très jeunes, beaucoup trop au dire de leur mère ! Mais l'amour est aveugle, et les jeunes filles n'avaient pas tenu compte des sages paroles et des bons conseils de leurs parents. Elles avaient un goût prononcé

1917 – *Familles Hunter et Bousquet:*
  Debout: à l'arrière Charles J^r, Rose, Alfred et Adélaïde
  Assis: Adélard Poitras, Phébée et les enfants

pour le risque et l'aventure, mais il ne fallait pas s'en étonner puisque leurs parents paternels étaient eux-mêmes fonceurs et téméraires.

Le départ de ses cinq filles avait laissé un grand vide dans la vie de Pamela. Il y avait maintenant moins de mains pour partager le travail de la maison, et bien qu'il ne lui restât plus que quatre enfants, les tâches quotidiennes devenaient trop lourdes pour elle. Heureusement Mathieu prenait beaucoup de place, il ne se fatiguait jamais et il débordait d'énergie. Il ne cessait d'étriver les autres et de jouer des tours à toute la famille. Sa présence apportait beaucoup de vie dans la maison. Tous ne pouvaient que rire devant ses mauvais plans. Son attitude contribuait à mettre de la gaieté dans le cœur de chacun.

Contrairement à son frère, Joseph, l'aîné des garçons, possédait un caractère beaucoup plus sérieux, ce qui parfois le rendait mystique. Ce beau grand jeune homme de dix-sept ans faisait l'orgueil de ses parents. On lui confiait déjà des tâches et des responsabilités d'homme mature, ce qui contribuait à le rendre très sûr de lui pour son âge. On aurait dit que, dans la maison, il prenait autant de place que le paternel.

Lorsque Joseph faisait la ronde dans le canton, les jeunes filles s'émouvaient à la vue de ce beau blond au teint de pêche de qui se dégageait une fierté hors de l'ordinaire. Il ne passait pas inaperçu.

Au cours de l'automne, le père Charles décida d'installer ses campements de trappe plus tôt que d'habitude. Wilfrid son beau-fils savait que son beau-père se préparait à partir dans le haut des concessions. Le sachant fatigué, il envoya Alexis le rejoindre pour l'aider. Alexis était content, il adorait se trouver dans les bois. La nature réveillait ses instincts, sa vitalité renaissait et alors il s'imaginait aussi haut que les arbres. Il sentait qu'il partageait la grandeur de la forêt.

Mais ce grand bonheur n'allait pas durer. Charles avait omis de lui dire que Joseph et son ami Maxime viendraient bientôt les rejoindre, dans le courant de l'après-midi. Lorsque Alexis les aperçut, il devint fou de rage, se mit à maugréer dans un jargon incompréhensible. Il ne voulait pour aucune raison partager son domaine. Les deux jeunes hommes ne l'entendirent pas ainsi, ils ne cessaient de l'étriver. Alexis s'enferma alors dans un mutisme complet et ne suivait plus les autres que loin derrière.

Charles, trop confiant et trop bon, ne tint pas compte des agissements étranges de son frère. C'est à partir de ce moment que se prépara un drame d'une envergure épouvantable.

Lorsque la grande noirceur s'annonça, on prépara le camp pour la nuit. La hutte comprenait le strict minimum. À part les murs et un semblant de toit, l'abri comprenait une petite table toute croche et quelques beds autour.

Ce refuge sommaire, n'était que pour une nuitée, on finirait le lendemain les sentiers qui menaient au ravage des animaux sauvages. Le père Charles était inquiet pour le bardas de la maison. Mathieu manquait d'expérience et le jeune Charles junior ne pensait qu'à jouer. En ce milieu d'automne, le travail autour des bâtiments pressait et les animaux devaient être bien nourris, car on pensait déjà aux boucheries. Et les patates dans le fenil attendaient d'être triées.

Au matin, le réveil fut brutal, la température dépassait le point de congélation, une grosse gelée blanche couvrait le sol. Joseph courut chercher de l'eau à la source de l'équerre tandis que Charles et Alexis préparaient le feu à l'extérieur du camp. Mais l'humidité empêchait les flammes de prendre dans les brindilles et les bûches.

Finalement tout s'enflamma et l'eau se mit à bouillir enfin, ce n'était pas trop tôt, la tasse de thé chaud fut bienvenue.

Charles rompit de grosses croûtes de pain qu'il partagea. Ils y déposèrent une grande tranche de lard salé que Pamela avait fait cuire. Ce déjeuner froid et substantiel comblait leurs robustes appétits d'hommes. C'était un mets typique des chantiers, sommaire mais nourrissant pour ces infatigables travailleurs.

Charles avait mal dormi. Son inquiétude au sujet de la maison grandissait à mesure que la froidure s'installait. Il craignait que ses patates gèlent dans le fenil. Il décida de laisser finir le travail par Alexis et les jeunes qui furent d'accord pour continuer seuls. Il se trouvait à quatre milles de la maison, en partant maintenant il pourrait arriver à temps, dans l'après-midi, pour rentrer les patates dans la cave avec Mathieu et Charles.

Alexis restait silencieux et ne manifestait aucune objection. Un léger sourire pinçait ses lèvres. Les garçons se levèrent et allèrent chercher les sacs de jute contenant les pièges, pour les démêler. Le père Charles partit rassuré.

Depuis une demi-heure, les garçons triaient les pièges, à terre dans le camp. Étrangement, Alexis rentra et demanda à Maxime d'aller quérir de l'eau à la source de l'équerre car, disait-il, la soif m'assaille. Maxime rouspéta, disant que ça lui prendrait plus de trois quarts d'heure pour la course et qu'on avait autre chose à faire. Alors Alexis lui suggéra qu'en même temps il pourrait se rendre une demi-lieue plus loin pour voir si les bêtes sauvages avaient laissé leurs traces sur le sentier de la passe des chevreux. Cette fois Maxime jubilait, il prenait grand plaisir à surprendre les chevreux en train de brouter. Il partit en gambadant, la petite chaudière de fer blanc se balançant dans sa main.

Joseph en avait presque fini avec les pièges, les chaînes démêlées pendaient sur le bord de la table. Alexis s'approcha de lui par derrière et tassa fortement son corps sur celui du garçon qui ne comprit pas tout de suite. Mais en sentant la pression du corps d'Alexis dans son dos, il se retourna brusquement et repoussa violemment son oncle. Alexis vit rouge et d'une droite rapide frappa le visage du jeune homme qui roula sur le plancher à demi inconscient. Alexis lui arracha son maquéna, le lança sur le grabat, lui descendit ses vêtements et se libérant lui-même des siens, enfonça son membre dans les entrailles du garçon. Joseph reprenait un peu ses esprits et se débattait de toutes ses forces, mais la robustesse d'Alexis le clouait sur le grabat. Le sang coulait de son nez et de sa bouche, la douleur lui transperçait le corps, il criait de tous ses poumons.

Mais rien n'y fit, le violeur assouppissait ses bas instincts en grognant comme un taureau en furie. Puis, d'un geste brusque, il retourna le jeune homme, lui saisit les organes, prit son couteau de chasse à sa ceinture et menaça de le castrer comme il faisait avec son neveu Wilfrid lorsqu'ils castraient les béliers de l'étable. L'écume dégoulinait de ses lèvres, son visage torturé faisait ressortir ses yeux comme ceux d'un tigre attaquant sa proie. Joseph était mort de peur, tous ses membres se trouvaient paralysés, plus aucun son ne sortait de sa bouche, il était la victime sur le bûcher. Soudain on entendit Maxime revenir en sifflant. Alexis lâcha prise et se cacha près de la porte du camp. Joseph se remit alors à crier. Maxime comprit que des choses étranges se passaient dans la cabane, par instinct il se dirigea vers le châssis plutôt que vers la porte.

Furieux, Alexis sortit et courut vers lui le couteau à la main. Maxime ne fit qu'un tour sur lui-même et s'enfuit à toutes jambes dans la forêt. Alexis tenta de le rejoindre mais sans succès, le jeune était plus rapide que lui et avait disparu dans les bois. Maxime erra de longues minutes avant de retrouver son chemin.

Alors il se remit à courir pour se rendre le plus rapidement possible à la maison d'en bas au sixième rang. Mais la distance était longue et dans sa hâte il s'épuisait de plus en plus.

Dans l'intervalle, Alexis revint au camp mais Joseph ne s'y trouvait plus. Furieux, il sortit à l'extérieur et cria comme un déchaîné. Il fit une ronde autour, cherchant où Joseph s'était caché mais ne parvint pas à le trouver. Il prit sa besace de cuir, la jeta sur son épaule et, par le chemin de l'équerre, s'enfuit dans les bois.

Entre-temps, Joseph s'était tapi en dessous d'une grosse épinette dont les branches touchaient complètement le sol. Comme un animal gravement blessé, il se laissait mourir. Une peur terrible l'envahissait, il tremblait de tous ses membres, le sol à demi gelé le transperçait de froid, son cœur battait à fendre sa poitrine. C'est alors qu'il sombra dans un semi-coma.

Maxime parvint à quitter le bois. Il put enfin apercevoir la Côte-du-Sud, cette petite chaîne de montagnes qui traverse la contrée. Il se remit à courir et atteignit la côte à bout de souffle. En voyant les bâtiments il reprit courage. Il longea l'étable et aperçut le père Charles qui sortait de la cave en portant deux seaux en bois. Lorsqu'il vit Maxime, il laissa tomber les seaux et courut à sa rencontre. Le jeune homme s'écroula sur le sol tant l'effort l'avait épuisé. Il ne parvenait pas à prononcer un seul mot et ses yeux avaient un air égaré.

Charles lança un cri perçant en direction de la maison. Pamela sursauta et comprit tout de suite que la situation était grave. Elle sortit en courant. « De l'eau, vite la femme, apporte moi de l'eau ! », cria-t-il. Rapidement, elle en tira du seau sur la pantry et partit vivement le rejoindre. Ils mouillèrent le visage de Maxime, le redressèrent afin de le faire boire, mais il était tellement agité qu'ils comprirent qu'un malheur était arrivé.

Maxime, reprit enfin son souffle et parvint à parler. Il raconta ce qu'il avait vu par le châssis du camp et sa fuite afin d'éviter le couteau d'Alexis. Charles se leva droit comme une barre et se précipita à l'étable tandis que Pamela ne parvenait pas à se relever. Mathieu et Charles junior sortirent précipitamment de la cave, coururent à toutes jambes vers leur mère. En la prenant par les bras ils parvinrent à la relever. Elle était secouée par les sanglots. Mathieu l'aida à se rendre à la maison.

Maxime se tenait immobile près de Charles junior. Ils virent le père Charles atteler rapidement sa jument au gabare, sous le porche de la grange. Mathieu sortit en vitesse de la maison et courut vers l'étable. Le père Charles, dans sa hâte, était déjà engagé sur le chemin de la Côte-du-Sud lorsque, s'arrêtant, il regarda pour voir si Maxime, l'ami de Joseph, pouvait venir avec lui, car son aide lui serait très utile. Mais le pauvre pouvait à peine bouger, il était à bout de forces. Malgré son désir de secourir son ami, le jeune homme ne pouvait en faire davantage. Il rentra à la maison avec Charles junior. Ils aperçurent Pamela, à genoux près de son lit avec la petite Rose, priant à haute voix.

Mathieu inquiet ne voulut pas laisser son père partir seul, il courut le rejoindre ne cessant de lui demander si quelque chose de grave était arrivé. Charles lui dit tout simplement que Joseph avait eu un accident, ne voulant pas s'étendre sur les détails donnés par Maxime.

Pendant ce temps à la maison, Charles junior soudain entendit le chien Roven hurler de désespoir, on aurait dit des moines chantant les matines dans la crypte d'une abbaye en pleine forêt. Il courut au hangar. Sitôt la porte ouverte, le chien décolla comme un coup de fusil. Il s'engagea dans le chemin de la Côte-du-Sud à toute vitesse. Quoique son maître et Mathieu fussent déjà sur l'autre versant, il les rattrapa facilement. Il agrippa la manche du maquéna du père Charles, montrant ainsi qu'il lui en voulait de l'avoir oublié. Charles le caressa nerveusement et Roven prit la tête du cortège. La présence du chien avait apporté un peu de réconfort dans le cœur du maître. Tous redoublèrent le pas, il faut dire qu'il était le quart dans le deux et que l'on se trouvait à une heure et demie du campement.

Enfin ils arrivèrent au chemin de l'équerre. Il ne leur restait plus que la montée du fronteau à faire mais la fatigue les gagnait. Ils durent, contre leur gré, ralentir un peu. Lorsqu'ils aperçurent la cabane, le père Charles fut pris d'une grande appréhension, sa poitrine serrait tellement son cœur qu'il n'avait plus de place pour battre.

Après avoir attaché son cheval à un arbre, Charles rentra le premier, Mathieu suivait en arrière. Le chien Roven se trouvait déjà à l'intérieur. Les deux hommes aperçurent la table renversée et du sang sur le plancher, ainsi qu'une plus grande mare sur le grabat.

Mathieu sortit précipitamment en appelant son frère de toute la force de ses poumons. La vue du sang l'avait effrayé, il courait de tous côtés. Le père Charles était resté figé dans le camp, les bras inertes comme des membres morts. Puis il se ressaisit. Roven sentait partout en émettant une plainte aiguë, la bête reconnaissait l'odeur de Joseph et s'agitait près de la porte. Son maître comprit qu'il pistait les traces de la victime.

Charles sortit et commanda au chien de suivre la piste de Joseph. Roven se dirigea aussitôt en courant à toute vitesse vers la coulée du ravage des chevreux où il y avait beaucoup de sapinage. Mathieu n'arrivait pas à se calmer, son père lui prit la main quelque instant en suivant le chien et lui demanda de ne plus câler pour ne pas mélanger la bête.

Après avoir parcouru quelques lieues, ils arrivèrent dans la sapinière mais perdirent le chien de vue. Charles comprit que Roven se trouvait sûrement près de son but, il connaissait les agissements de sa bête. Les deux hommes entendirent soudain son sifflement, ils quittèrent le sentier et entrèrent dans le bois en marchant rapidement. Des gémissements leur parvenaient de dessous une grosse épinette. Ils soulevèrent les énormes branches et aperçurent Roven qui léchait tendrement la figure de Joseph. Ce dernier, tapi comme un animal traqué, délirait.

Son père tomba à genoux près de lui, le prit dans ses bras et le serra contre son cœur. De grosses larmes coulaient de ses joues et allaient se perdre dans sa longue barbe. Jamais le père Charles n'avait pris ses fils dans ses bras. Jamais, aussi, ne l'avait-on vu pleurer. Cet homme fier, discipliné, flegmatique et rigide se trouvait démoli. Il sentait ses forces l'abandonner et son moral chavirer. Il avait mis tous ses espoirs en son fils aîné, il voyait en lui le digne successeur de ses ancêtres. Sa belle stature, sa force physique, son sens du devoir et des responsabilités, répondaient à toutes les attentes du père Charles.

Enlevant son maguena, il en enveloppa son fils Joseph, le prit dans ses bras et le porta dans le sentier du camp. Ce spectacle douloureux évoquait, on aurait dit, la scène de la Piéta : le fils sacrifié dans les bras de son père rappelait le Christ crucifié dans les bras de sa mère.

Mathieu était perplexe, il regardait sans comprendre. Il se souvenait avoir vu des querelles et des bataille entre hommes, mais l'état dans lequel son frère se trouvait dépassait l'entendement. Après les bagarres auxquelles il avait assisté, il n'avait jamais vu de vêtements aussi ensanglantés. Il commença à douter de la version de son père.

On coucha le pauvre Joseph sur le gabare, sorte de traîneau en forme de triangle. Charles enveloppa son fils dans une grosse couverte à chevaux, posa sa tête meurtrie sur une poche de jute remplie de paille et le cortège se mit en marche dans un silence de détresse. Un léger vent du sud agitait les arbres défeuillés, un pâle soleil faisait des trouées de lumière dans la forêt, une forte odeur d'ozone embaumait les bois.

Le père Charles marchait près du gabare où son fils

gisait. Mathieu conduisait le cheval. Roven trottinait en avant, faisant le guide. Le jour tombait, les heures filaient, il fallait atteindre l'orée de la forêt avant le crépuscule.

Le portage était raboteux et le pauvre Joseph se trouvait secoué sans arrêt, il semblait souffrir énormément. Enfin on arriva à la Côte-du-Sud. Le père Charles marchait difficilement, il sentait ses forces l'abandonner, ce double parcours dans la même journée l'avait vidé complètement.

En bas, à la maison, la noirceur rendait sinistre l'attente des deux secouristes. Le fanal allumé attendait sur le bout du signe et la lampe sur la table semblait faiblir. L'atmosphère baignait dans la tristesse. À la demande de sa mère, Charles junior se rendit chez les Chouinard chercher Arthémise. La pauvre Pamela n'en pouvait plus, il lui fallait absolument la présence de sa bonne amie, cette femme généreuse. Arthémise accourut et, en voyant Pamela dans cet état, comprit tout de suite que la situation était très grave. Elle soutint Pamela en la conduisant vers son lit et la borda tendrement, puis la laissa se reposer. Revenue à la cuisine, elle s'occupa de préparer le souper; la petite Rose commençait à être en appétit.

Pendant que les patates cuisaient, Arthémise retourna à la chambre. Pamela, son chapelet à la main, priait pendant que des larmes coulaient sur son visage crispé. Elle prenait mal cette autre épreuve. Il n'y avait jamais eu de secrets entre les deux femmes, elles se disaient tout. C'est ainsi que Pamela raconta dans les moindres détails ce que Maxime leur avait dit quelques heures auparavant. Arthémise, agitée, marchait de long en large dans la chambre. La famille Chouinard chérissait ce beau jeune homme qui leur rendait leur affection. Sa présence charmait les filles de la maison, il faisait pratiquement partie de la famille. Arthémise participait au chagrin de Pamela et se sentait aussi triste qu'elle.

Soudain on entendit Roven gratter à la porte. Charles junior accourut, ouvrit la porte et ne la referma pas. Dans la noirceur, il tentait d'apercevoir son père et ses frères, mais il n'entendait que le pas du cheval et le crissement du gabare sur le sol. Il courut dans leur direction.

Pamela s'était levée d'un bond et courait vers la cuisine. Lorsqu'elle aperçut son mari portant Joseph dans ses bras, elle tressaillit et poussa un grand cri. Le père porta son fils sur le lit des maîtres et le déshabilla. Les deux femmes préparèrent un grand bassin d'eau chaude et lavèrent ses plaies. Le piètre état de ses organes inquiétèrent les deux femmes, il avait tout le bas du corps enflé. Son visage déchiré faisait état de la dureté du combat. Son œil droit était complètement fermé, sa lèvre fendue pendait tant le coup avait été durement porté. Lors de l'altercation, il s'était assommé sur le bord de la table et s'était fendu le front.

Arthémise changeait continuellement les compresses d'eau tiède pendant que Joseph continuait à délirer. Le père Charles apporta un peu d'eau de vie mélangée d'eau chaude et adoucie de sucre. Il releva légèrement son fils, tenta de lui faire boire quelques gorgées, mais rien n'y fit Joseph ne pouvait avaler, ce qui inquiéta énormément son père.

Pamela conseilla à son mari d'aller se reposer, son accablement troublait la pauvre femme. Elle le voyait complètement démonté, il paraissait avoir vieilli de dix ans en une seule journée.

Arthémise décida de rester à coucher pour veiller le blessé. Elle avait déjà couché la petite Rose et les garçons se préparaient à monter dans leurs chambres pour la nuit. Charles s'assit dans sa chaise près du châssis du sud. Il ne voulait, pour aucune considération, aller s'étendre. Il n'avait pas ouvert la bouche depuis son retour et avait refusé de manger. Il gardait les yeux rivés sur la porte de peur de voir apparaître son frère Alexis. Depuis son arrivée, par fierté, il avait évité de regarder les autres membres de la famille de peur de montrer sa douleur et son désarroi.

L'état de Joseph se détériorait, son délire empira durant la nuit. Pamela tenait dans les siennes sa main moite et la portait à son visage. Ses larmes laissaient de longues coulisses sur la main de son fils. Elle refusait farouchement l'idée de le perdre. Elle épongeait son front sans arrêt, répondant à mi-voix aux paroles délirantes de Joseph.

Au matin, la situation ne s'était toujours pas améliorée. Le malade faisait de la haute fièvre. Sa mère et Arthémise commençaient à désespérer, aussi le père Charles demanda-t-il à ses deux fils d'atteler sa jument. Il voulait se rendre au faubourg chercher de l'aide. La condition de son aîné l'inquiétait profondément, il était décidé à tout tenter pour le sauver.

Rendu au magasin général, il demanda au postillon, qui partait chaque jour à neuf heures pour les paroisses d'en bas, s'il pouvait ramener le docteur Chiasson. Il y avait cinq heures de route pour aller et autant pour revenir; en comptant qu'il fallait se reposer un peu au bureau de poste du chemin du roi pour atteler un autre cheval. Ce qui voudrait dire, si tout allait bien, que le médecin arriverait dans le courant de la soirée. Le postillon lui donna très peu d'espoir sur le succès de sa démarche, il lui dit qu'il serait préférable d'amener le blessé directement chez le médecin. Le père Charles se mit à réfléchir puis convint que le postillon avait raison. Le docteur Chiasson se trouvait dans le haut de la paroisse chez un pauvre habitant qui s'était gravement blessé en tombant du toit de sa grange.

Le père Charles décida de se rendre plutôt au presbytère. Par bonheur, le curé Galarneau s'y trouvait. Charles lui fit un récit rapide du drame tout en dissimulant les détails, ces choses ne regardaient que la famille. Il ne lui révéla pas non plus le nom de l'agresseur malgré l'insistance du prêtre.

Le curé lui conseilla fortement de se rendre chez Marie-Anna Pelletier, la sage-femme. Elle gardait toujours des remèdes qui faisaient parfois des miracles, lui dit-il. En effet, lorsqu'elle rencontrait le docteur Chiasson, ce dernier lui laissait des médicaments, connaissant le professionnalisme et le dévouement de cette brave femme. Monsieur le curé promit de se rendre auprès du blessé au cours de l'après-midi.

Charles quitta le presbytère pour se rendre chez Marie-Anna Pelletier. Elle ne se fit pas prier pour l'accompagner mais lui demanda un peu de temps pour se préparer. Il lui dit qu'il voulait d'abord se rendre chez Les Lord, son beau-fils et Philomène, pour leur annoncer la triste nouvelle. La sage-femme fut d'accord, Charles lui dit qu'il allait faire vite, car de plus en plus il se sentait inquiet et voulait retourner rapidement à la maison. Il passerait la reprendre après.

Philomène, près du poêle, berçait sa fille unique,

Yvonne, la grande joie de sa mère. La petite était rentrée de l'école pour le dîner. Lorsque Philomène aperçut son père, dans l'encadrement de la porte, elle sursauta. L'état pitoyable de l'homme la saisit. Charles lui apprit la condition de son frère. Elle ne fit qu'un tour sur elle-même et se rendit dans le haut-côté, où se trouvait sa belle-mère, pour lui demander de voir aux besoins de la petite Yvonne. Elle revint tout habillée, prête à partir. Philomène avait immédiatement compris le sérieux de la situation, elle n'eut pas besoin de plus d'explications. Elle savait qu'elle se devait d'être auprès de sa mère dans les circonstances.

Ils partirent rapidement vers le nordet, après avoir pris en passant Marie-Anna la sage-femme. Le père Charles devenait impatient, aussi pressait-il sa jument. Il avait raison, à la maison l'état de Joseph continuait à se détériorer et sa fièvre à augmenter. C'est avec un grand soulagement que la famille vit arriver la voiture. Mathieu courut à sa rencontre et s'occupa du cheval pendant que les trois se rendaient près de Joseph. Philomène recula de deux pas, saisie par la condition de son frère. Elle s'approcha et l'embrassa sur le front pendant que des larmes coulaient sur ses joues.

Marie-Anna déballa ses remèdes et les posa sur le bureau de la chambre. En regardant le malade, elle comprit immédiatement qu'il fallait d'abord faire descendre la température. Toute de suite elle ouvrit le châssis et demanda qu'on lui apporte des bassins d'eau froide. Ensuite, elle fit respirer des sels au blessé. Elle lui mit des linges d'eau froide presque à la grandeur du corps. Elle parvint enfin à faire baisser la température. Joseph se calmait lentement, les sels l'avaient sorti un peu de son état comateux, mais il restait fiévreux. Marie-Anna désinfecta ses plaies et réalisa qu'elle commençait à avoir le contrôle de la situation. Elle souleva Joseph afin de lui faire boire un peu d'eau. Aidée de Philomène, elle changea le lit. Puis elle quitta la pièce quelques instants pour se reposer un peu.

Pendant deux heures cette brave femme n'avait cessé de soigner le blessé. Tous respiraient mieux maintenant. Joseph, un peu moins agité, s'était endormi.

Cependant Marie-Anna conservait une certaine inquiétude. Elle appréhendait le réveil du malade, craignant qu'il ait été probablement trop longtemps dans un semi-coma. Elle redoutait des dommages au cerveau. À son arrivée, l'état du malade lui avait fait comprendre qu'il avait dû subir un choc terrible.

Philomène conseilla à sa mère de se reposer et l'aida à monter l'escalier. Pamela épuisée ne demandait pas mieux que de se retirer un peu. Philomène prit sa relève et s'occupa de la maisonnée. Mathieu et Charles junior vaquaient maintenant aux travaux des bâtiments. Le père Charles tombait de sommeil dans sa chaise. Rose se trouvait à l'école, Arthémise s'était rendue chez elle, à l'arrivée de Marie-Anna. Celle-ci remballait ses remèdes dans la chambre du malade.

Au milieu de l'après-midi, Philomène accueillit le curé Galarneau sur le perron, après avoir auparavant secoué son père pour le réveiller. Le prêtre alla près du malade et le bénit, il s'informa de la condition du blessé. Pour toute réponse, Marie-Anna hocha la tête et sortit de la chambre avec le curé. Elle dit à Philomène qu'elle aurait aimé voir le malade réveillé avant son départ et celui du curé Galarneau.

Marie-Anna jeta un dernier coup d'œil au blessé. Il dormait profondément, ce qui l'inquiétait un peu mais elle préféra tout de même ne pas déranger son sommeil. Elle laissa des remèdes à Philomène et lui donna quelques directives. Dans la cuisine, le père Charles s'était rendormi, monsieur le curé n'y porta pas attention et prit le thé avec les deux femmes. Il comprenait l'épuisement du maître des lieux et compatissait avec lui.

Le lendemain matin, tous se retrouvèrent un peu plus soulagés. Philomène avait dormi dans la chaise de sa mère, sans oublier de surveiller son frère qui connut une nuit calme. Ses plaies commençaient à se refermer et son visage se désenflait. Soudain il essaya d'ouvrir les yeux, mais son œil droit était encore trop bouffi pour qu'il puisse voir; de son autre œil il regardait sa sœur sans réagir. Elle lui souleva un peu la tête et il se mit à tousser profondément. Alors elle lui donna de l'eau. Surprise, Philomène vit qu'il tentait de s'asseoir. Elle ne cessait de lui parler, de le questionner, de le rassurer et de le réconforter. Mais il n'ouvrit pas la bouche, aucun son n'en sortit.

Entre-temps sa mère descendit et vit son mari couché sur le plancher près du poêle, son maguéna enroulé autour des épaules, elle le laissa reposer. Elle avait dormi longtemps et grognait parce que personne ne l'avait réveillée. Sa fille lui souriait et ne prit pas la peine de lui répondre. En voyant Joseph assis dans son lit, le visage de Pamela s'illumina. Elle s'approcha et lui parla sans arrêt. Curieusement il ne broncha pas, son regard fixait le châssis du nordet. Mais sa mère n'en demandait pas plus, le voir vivant lui suffisait et elle montrait sa joie.

Quelques jours passèrent et le jeune homme reprit

des forces. Les remèdes lui avaient fait du bien, ses blessures se cicatrisaient et ses douleurs s'apaisaient. Il pouvait maintenant se lever et avait également regagné sa chambre sous les combles.

CHAPITRE XII

Un secret longtemps gardé

ENTRE-TEMPS, Wilfrid Caron s'était rendu au village et avait appris que les choses n'allaient pas bien chez ses beaux-parents au sixième rang, et que son beau-frère s'était blessé. Ses commissions terminées, il se rendit aux nouvelles chez sa belle-sœur Philomène. Son beau-frère Ferdinand lui dit que sa femme était au nordet depuis trois jours, mais n'en dit pas plus. Il n'aimait pas discuter des choses de sa belle-famille. Il conseilla à Wilfrid de s'informer à la maison paternelle. En même temps il lui dit que sa belle-sœur Joséphine et son beau-frère Freddy se trouvaient déjà dans les chantiers depuis huit jours. La jeune femme, enceinte de son deuxième enfant, était partie, malgré son état, faire à manger aux bûcheux. Elle était dans sa dix-neuvième année et ne manquait pas d'audace.

Wilfrid prit la route du nordet plutôt que de retourner au cinquième rang. Quand il le vit, son beau-père alla à sa rencontre, il voulait des renseignements sur les allées et venues de son frère Alexis. Il bouillait de rage et de colère. Mais il se rendit rapidement compte que son beau-fils Wilfrid n'était au courant de rien. Alors le père Charles se tut et tous deux rentrèrent dans la maison.

Le beau-fils ne resta pas longtemps car il se posait des questions sur l'absence d'Alexis. De plus, il lui fallait traverser le rang dont le chemin se trouvait en mauvais état à ce temps-ci de l'année. Mais avant qu'il ne parte, son beau-père lui fit promettre d'envoyer quelqu'un le chercher dès qu'il verrait son oncle Alexis, lui disant qu'il souhaitait absolument le voir, ce qui inquiétait Wilfrid. Quoique, sachant maintenant le combat qui s'était produit entre les deux hommes dans la cabane du fronteau, il comprenait l'attitude de Charles. Il se questionnait plutôt sur la raison de l'altercation.

Bien avant que Wilfrid ne soit monté dans sa waguine, son beau-père retournait déjà à la maison. Wilfrid l'avait trouvé différent et très distant, ce qui le désolait lui qui aimait tant son beau-père. Il repartit bouleversé. En chemin il réfléchissait, il connaissait très bien Alexis et, en aucun moment, il ne s'était montré d'une telle violence avec qui que ce soit. Il faut dire que l'attitude ferme de Wilfrid avec son oncle lui permettait de le garder sous contrôle. Il lui obéissait constamment, même trop parfois, ce qui l'agaçait. Maintenant la glace s'était brisée et plus jamais les choses ne seraient les mêmes. Il aurait voulu comprendre ce qui s'était produit.

Durant la semaine, Marie-Anna la sage-femme arrêta quelques instants voir Joseph. Elle revenait du haut-nordet où Rosalie Fournier qui frisait presque la cinquantaine attendait son treizième enfant. Sa condition inquiétait beaucoup Marie-Anna. À cause de sa maigreur excessive, tous se demandaient si elle allait survivre à l'accouchement.

Elle fut surprise de voir le blessé guérir de ses plaies si rapidement ; mais lorsqu'elle le questionna son évaluation changea. Il ne répondait pas ou divaguait, ses propos étaient décousus. Alors elle n'insista pas. En sortant de la maison, elle croisa le père Charles et lui expliqua que la convalescence serait longue. En la reconduisant à sa voiture, Charles lui fit promettre, en insistant, de ne jamais révéler l'agression sexuelle dont son fils avait été victime. Marie-Anna le regarda froidement dans les yeux, en disant : « S'il fallait que je raconte tout ce que je vois et entends, plus personne ne se présenterait au confessionnal du curé Galarneau ! » Sur ce, elle monta vivement dans sa voiture et le cheval partit au galop.

Seulement quatre personnes connaissaient la triste aventure du jeune homme. Outre ses parents, il y avait la voisine Arthémise qui avait juré de ne jamais rien dire, d'ailleurs elle n'en avait pas le goût, tout ça la dégoûtait en tous points. Quant à Marie-Anna Pelletier, elle n'en parlerait pas, non plus.

Maxime, son meilleur ami, le jour de la tragédie, en regardant par le châssis de la cabane, n'avait vu que le corps de Joseph gisant ensanglanté sur le plancher. Il avait conclu que la raclée subie par le jeune homme avait été très violente. Il ne savait rien d'autre.

Le père de la victime voulait absolument que cette histoire tragique, survenue dans sa famille et entre ses membres, restât secrète à jamais. Pour lui ces choses-là n'existaient pas et ne devaient jamais exister. La vertu et la grandeur de l'homme ne permettaient ni n'acceptaient de telles faiblesses.

CHAPITRE XIII

Une période difficile
pour tous

LES CHOSES ne s'arrêtèrent pas là. Il ne se trouvait pas au bout de ses peines, un malheur n'arrive jamais seul. Un jour, en revenant des bâtiments, il remarqua une voiture à cheval devant la porte de la maison. Son demi-frère Aimé, le plus vieux du troisième mariage de son père, l'attendait près du perron. Le père Charles conclut que l'on avait enfin trouvé Alexis et qu'on venait le chercher.

Il se trompait grandement. Le vieux patriarche Mathew se trouvait à l'article de la mort et demandait à voir ses fils Charles et Alexis. Les deux restaient dans la même paroisse. Les deux hommes entrèrent dans la maison. Charles, en maugréant, alla changer de vêtements. Il ne comprenait pas pourquoi tout lui tombait sur la tête en même temps.

Pamela le suivit dans la chambre, partageant son désarroi. Elle connaissait très bien son homme, elle ne parla pas tout en l'aidant à s'habiller.

Pendant ce temps, au huitième rang, la désolation remplissait la maison. Les enfants du troisième mariage étaient encore jeunes : le dernier, Léon, n'avait que quinze ans. Tous comprenaient que c'était la fin pour leur père.

Lorsque Charles arriva, on le laissa seul avec son père. Le patriarche souffrait beaucoup et ne pouvait parler qu'à voix basse. Les deux hommes s'aimaient bien, ils avaient l'un pour l'autre une estime réciproque. Dans la vie commune de leurs familles, ils partageaient beaucoup, ayant presque toujours les mêmes goûts. Cependant Charles avait trouvé le troisième mariage de son père un peu précipité. C'est surtout la différence d'âge, vingt-six ans, qui le dérangeait. C'était beaucoup! Il trouvait son père bien téméraire!

Le mourant ne comprenait pas l'absence de son fils Alexis et questionnait Charles sans arrêt : Quand l'avait-il vu la dernière fois? Est-ce que sa santé est bonne? Et comment se comporte-t-il maintenant?

Mathew regretta toute sa vie d'avoir cédé aux pressions de sa troisième femme qui avait suggéré le départ des enfants du premier mariage. Certains l'avaient mal pris. Les filles s'en étaient mieux tirées. Deux garçons se trouvaient déjà mariés. Alexis, dans cette situation, se retrouva complètement démuni. Bien que sa santé fut bonne, sa fragilité d'esprit préoccupait son entourage. Il avait à ce moment-là vingt-quatre ans et son père aurait bien aimé le voir marié.

Le désespoir du vieux Mathew, à l'idée de ne pas revoir Alexis, chagrina son fils Charles, des larmes perlaient dans ses yeux. Il s'était bien promis, pourtant, de mettre son père au courant de la bavure d'Alexis. Mais en le voyant agoniser sur son lit de mort, il se résigna à ne rien dire. Son mépris et sa colère n'iraient pas déranger le dernier repos de son père. Il baisa chaleureusement son front, lui demanda pardon en signe d'adieu. Une sueur froide coulait de son visage. Il serra une dernière fois les mains de son père et quitta la chambre.

Il traversa la maison sans dire un mot à personne et s'en alla à travers la campagne. Aimé, son demi-frère, aurait voulu le raccompagner mais Charles se trouvait déjà au bout du chemin.

Il voulait réfléchir seul parmi les herbes hautes des champs et des sous-bois. Son esprit, alors, retrouverait son équilibre. Le visage bouleversé et désespéré de son père ne le quittait pas. Sa conscience oscillait entre le pardon et la vengeance envers Alexis. La grande indulgence et la miséricorde aperçues dans les yeux mourants de son père l'avaient bouleversé. Il lui fallait pardonner lui aussi, ne pas chercher à se venger et accepter l'inacceptable.

Rendu sur la Côte-du-Sud, il s'assit sur une grosse pierre en guise de banc, regardant le fleuve à travers la coulée. Le miroir de l'eau lui renvoyait le reflet de son existence passée. Alors une grande paix l'envahit et sa noblesse de cœur revint en lui reprendre la place qu'elle y avait toujours occupée.

Entre-temps, dans le cinquième rang, on n'avait pas revu Alexis depuis six jours. Son neveu Wilfrid s'inquiétait. Diana ne l'entendait pas ainsi, elle ne pardonnait pas à son oncle de s'être conduit de cette façon envers son frère Joseph qui comptait beaucoup pour elle. Étant l'aînée de la famille, elle disait l'avoir presque élevé.

Ce matin-là, sans en parler à personne, Wilfrid décida

d'aller faire une battue dans le bois du lac de vase. Quelque chose lui disait qu'il devait aller dans cette direction. Il y avait, là-bas, un genre d'abri pour la trappe aux castors. Alexis connaissait cette région, il y trappait quelquefois avec son frère Charles. Wilfrid ne pouvait croire que son oncle puisse être resté si long-temps dans les bois d'en haut du neuvième rang.

Malgré qu'Alexis s'était approprié toute la nourri-ture du camp de la trappe, il ne pourrait durer encore longtemps. Wilfrid avançait lentement vers le lac cher-chant des pistes et les examinant avec soin. Il ne s'était pas trompé, sous des pommiers sauvages ravagés par les chevreux, il aperçut des traces de bottes dans les longues herbes gelées de l'automne. Il se sentit oppressé, les questions se bousculaient dans sa tête. Étaient-ce les pas d'Alexis ? ou de chasseurs ? Il cessa de s'interroger et marcha vers le campe. L'abri se trouvait dans une bais-seur et tenait debout par miracle. Il avançait prudem-ment en faisant le moins de bruit possible.

Une simple ouverture faisait office de porte. Au pre-mier abord, lorsqu'il y mit le bout du nez, il ne vit rien de spécial. Alors il décida d'entrer et resta stupéfait. Alexis, ramassé sur lui-même comme un animal blessé, gisait sur un tas d'herbes sèches, en arrière d'un vieux panneau de bois.

Spectacle désolant, horrifiant, Wilfrid en fut sidéré. Il se pencha au-dessus du moribond et l'aida à se soulever, car il était sans forces. Il le conduisit à l'extérieur et le nettoya un peu. Tout à coup Alexis se mit à pleurer par gros sanglots convulsifs qui soulevaient sa poitrine. La scène était pathétique. Wilfrid ne l'avait jamais vu pleurer. Au fond de lui-même, il ressentait la grande culpabilité qu'éprouvait cet homme au souvenir de son acte. Devant son maître et protecteur, Alexis se retrouvait comme un enfant complètement désemparé. Ils partirent tous les deux vers les bâtiments, mais ils devaient arrêter souvent tant Alexis était épuisé.

Diana vaquait aux corvées de la maison et ne vit pas les deux hommes longer la grange. Wilfrid installa son oncle temporairement dans l'étable, le temps de se calmer et de mettre un peu d'ordre à la situation.

Revenu à la maison, Wilfrid mit Diana au courant de la situation et lui demanda, par bonté, de préparer un repas chaud. Elle se leva, mais le mit en garde : « Je lui donne à manger, mais je ne veux plus jamais le voir dans la maison ! » Son mari resta surpris mais ne répondit pas. Elle prépara le repas rapidement et continua en disant que la petite Lalâ craignait Alexis, elle en parlait même à l'école.

Dans la soirée, elle s'excusa auprès de son homme de la dureté de ses propos. Tous les deux ne laissaient jamais de malentendus les diviser, leur grand amour triomphait toujours. Le lendemain, Wilfrid, marteau à la main, cognait dans le bas-côté. Il avait défait une cloison du hangar et doublait les murs pour couper le vent des grands froids d'hivers.

Se faisant aider d'Alexis, Wilfrid mit une bonne couche de paille sur le plafond du grenier. Ils bouchèrent les fentes du châssis avec de l'étoupe et construisirent une contre-porte afin de rendre un peu étanche la porte d'entrée du perron d'en arrière. Une modeste table, deux chaises, et une vieille chaise berçante complétaient l'ameublement sommaire de l'unique pièce. Wilfrid irait, chez son père, chercher un poêle qui ne servait pas. On transporterait le lit d'Alexis de la petite chambre dans le coin, en arrière du poêle.

Lalâ, qui avait sept ans bien sonnés, aurait sa chambre, ce qui la comblait de joie. Elle se considérait comme une grande fille maintenant. Elle n'aurait plus à coucher sous les combles, durant l'été, et dans le passage de la chambre de sa mère, pendant la saison froide. N'ayant encore ni frères ni sœurs, elle devenait de plus en plus gâtée.

En effet, Diana n'avait pu rendre aucun enfant à terme depuis la naissance de Lalâ. La sage-femme disait que son premier accouchement avait été trop dur et que ses fondements se trouvaient bien maganés.

Les hommes n'allaient plus dans les chantiers depuis deux ans parce qu'il n'y avait plus de marché pour le bois et que les jobbers restaient pris avec leurs stocks. Les habitants, à ce moment-là, bûchaient sur leur terre le bois de sciage nécessaire au chauffage et à la construction des bâtiments.

L'hiver fut très pénible pour Alexis, il attrapa une grosse pneumonie. Heureusement Wilfrid s'en occupait beaucoup. Son père Mathiew avait trépassé en novembre et personne n'avait pu convaincre son fils Alexis de se rendre à la maison mortuaire au huitième rang. Mais il se rendit à l'église pour le service.

Il se détachait de tout ce qui l'entourait de plus en plus. C'est sûr qu'il ne se rendrait plus jamais chez son frère Charles, au sixième rang. Il sentait un grand vide s'étendre autour de lui. À l'exception de Wilfrid, tout le monde l'ignorait.

À la maison du père Charles, l'année 1910 commençait difficilement. Joseph se remettait péniblement. Il ne sortait presque plus, restant toujours enfermé dans la chambre d'en haut et ne voulant plus voir personne.

Il tombait souvent dans le «gros mal», comme on appelait la danse de Saint-Guy, roulant de tous côtés sur le plancher, se débattant à l'extrême, ayant la bouche pleine d'écume et les yeux tournés à l'envers. Il faisait vraiment peur à la maisonnée. Ce spectacle bouleversait chaque fois ses parents et les détruisait lentement.

Le docteur Chiasson, venant au village, se rendit auprès du malade sur l'insistance de Philomène et de Joséphine qui n'acceptaient pas de voir leur frère dépérir à ce point. Son verdict fut bien décourageant, Joseph faisait de l'épilepsie. Ce mal du diable était le cauchemar de la médecine de l'époque. Il conseilla à la famille de mettre un bâton en travers de sa bouche lorsque la crise s'aggravait et surtout de ne pas essayer de retenir ses mouvements. Il leur conseilla de faire attention qu'il ne se blesse pas sur un quelconque objet autour de lui. Plus vite la crise atteindrait son maximum, disait-il, moins l'effort sera dur pour le malade qui pourra récupérer plus facilement. Il suggéra aussi de ne pas le contrarier et de lui éviter le plus possible les fortes émotions. Malheureusement, il n'existait aucun remède pour lui venir en aide.

Le père Charles se sentait désespéré, il ne pouvait comprendre le verdict du médecin. La tête basse, il raccompagna le docteur Chiasson. Alors qu'il montait dans sa voiture le docteur lui dit qu'il serait préférable de ne pas révéler aux gens la maladie dont souffrait Joseph et lui conseilla de le tenir loin du monde. Et, baissant un peu la voix, il ajouta: «Lorsque ces malades sont en crise, les gens croient à tort que le malade est possédé du démon, c'est qu'au plus fort de leurs convulsions ils émettent des sons étranges qui laissent à penser qu'ils apportent la malédiction aux personnes qui les observent. »

Avant même que le médecin soit parti, Charles avait tourné les talons. Il ne pouvait plus rien entendre. Toutes ces remarques du docteur le démolissaient malgré qu'il n'était pas superstitieux. Il marcha vers ses bâtiments.

Péniblement la vie reprit son cours et la routine se réinstalla. On essaya aussi d'oublier un peu la maladie de Joseph. Mathieu, à quinze ans, prenait maintenant la place de l'aîné. Il avait déjà les responsabilités d'un homme de vingt ans. Mais sa fougue, son goût du plaisir et sa manière de dérider son entourage en faisait un petit roi. Avec lui personne ne s'ennuyait tant il avait le verbe facile, ce qui consolait un peu ses parents.

Mais l'état du pauvre Joseph allait en s'empirant. À la fin de l'année, il ne quittait pratiquement plus son lit. Sa mère ne cessait d'espérer des jours meilleurs, mais dut se rendre douloureusement à l'évidence, il ne guérirait jamais ! La maladie le détruisait, les crises du gros mal se rapprochaient de plus en plus et l'affaiblissaient de jour en jour. Sa condition s'aggravait et il n'avait plus la force de lutter.

Le père Charles n'alla pas faire la trappe, voulant rester près de la maison. Il fut bien forcé d'accepter la maladie de son fils, ce qui lui fut très difficile. Seul, parfois, dans le silence des bâtiments, il pleurait. D'autres fois, il n'arrivait plus à contenir sa rage et il lançait tout en l'air en réprouvant le destin qui lui infligeait cette impossible épreuve, il devenait furieux et perdait tout contrôle pour quelques instants. Alors il s'assoyait, accablé, et maudissait la vie.

L'année s'achevait et le temps des réjouissances du Jour de l'an approchait. Pamela se demandait comment elle pourrait accomplir le surplus de travail exigé par les Fêtes, avec la maladie de Joseph qui l'occupait tellement. Sa tâche s'était bien alourdie! Alors sa santé se mit à diminuer. Elle ne tenait plus que par son grand courage et sa foi dans la vie.

Avec l'accord de son mari, elle décida de n'inviter que les enfants et les petits-enfants pour le dîner du Jour de l'an. Cela lui suffisait pleinement, ses propres frères et sœurs ainsi que ceux du père Charles attendraient aux Rois ou à la Trinité.

Lorsque toute la famille arriva en ce Jour de l'an, la maison se remplit de cris d'enfants tandis que les adultes discutaient à voix basse à cause de l'état précaire de Joseph qu'on ne voulait pas fatiguer. Pamela se fit aider de ses trois filles. Joséphine avait beaucoup de choses à raconter: elle avait eu des nouvelles de leurs sœurs en ville. Adélaïde était toujours célibataire tandis que Phébé était maintenant mère d'un enfant et enceinte d'un autre. Elles lui avaient dit quelles auraient souhaité être parmi eux mais que la distance était trop grande.

Mathieu et Charles junior étaient en haut auprès de Joseph à lui tenir compagnie. Ils n'avaient que trois ans de différence, ils s'aimaient bien et possédaient beaucoup de choses en commun. À leur grande surprise, Joseph exprima le désir de participer à la fête, sa condition fragile et sa grande faiblesse inquiétaient ses deux frères. Ils se demandèrent si vraiment sa demande devait être prise en considération. Comme il n'en démordait pas et voulait à tout prix se rendre auprès de sa famille, les deux frères prirent le pauvre malade sous les bras, chacun de leur côté. Ils parvinrent à se rendre en haut de l'escalier mais ses jambes ne suivaient pas du tout. Déterminés à lui faire plaisir, les deux garçons le prirent, l'un par les bras, l'autre par les jambes et ils arrivèrent enfin en bas. D'un bond tout le monde se leva. Pamela accourut près de son fils. Tous souriaient maintenant ; ce moment de joie arrivait à point, on se remit à parler plus fort et les enfants se firent plus bruyants.

Délicatement, on l'assit dans la chaise de sa mère, près du poêle. Pamela l'attacha au dossier avec une vieille crémone, Joseph pourrait ainsi tenir quelques instants. Tous lui parlaient en même temps, mais il les regardait l'un après l'autre sans dire un mot. Lorsqu'on servit le dîner ; il demanda à remonter, n'en pouvant plus. Sa tête tombait sur sa poitrine tant l'effort était pénible. Mathieu et Charles le remontèrent précautionneusement dans sa chambre après l'avoir chaleureusement félicité et remercié. Alors ils redescendirent partager le repas du Jour de l'an.

CHAPITRE XIV

Joseph s'éteint et la vie continue

L'INTERMINABLE HIVER n'avait donné aucun répit au malade, il ne quittait plus son lit. Au début du mois de mai, sa mère Pamela insista pour qu'on aille chercher le curé, la respiration de Joseph changeait et faisait craindre le pire. Il fallait en même temps que quelqu'un se rende au saroit du faubourg informer Philomène et Joséphine, tandis que Charles junior courait dans la traverse chercher Diana au cinquième rang.

Tous se tenaient autour du malade alors que le prêtre oignait les membres du mourant en faisant des signes de croix et disant : « Que tes péchés commis par tes pieds, tes mains, ta bouche et tes yeux te soient pardonnés par la grâce de Dieu, amen. »

Toutes ces patenôtres étaient de trop pour le père Charles, il sortit rapidement de la pièce, révolté. Son éducation protestante, reçue de son père, faisait qu'il était choqué par le cérémonial des mourants. Il n'aimait pas les sentiments de grande culpabilité dont était imprégné le catholicisme. Pour lui, le Dieu juge et vengeur n'existait pas, il croyait plutôt en sa grande miséricorde. Il s'assit au pied de l'escalier et attendit la fin du sinistre cérémonial.

Durant la nuit, Joseph sombra dans un profond coma. Chacun son tour on le veillait, aspergeant son front et mouillant sa bouche déshydratée. Au matin, sa mère qui lui tenait la main, sentit tout à coup ses membres se relâcher. Joseph ne respirait plus, son calvaire était enfin terminé !

Pamela se leva, lui ferma les yeux, l'embrassa tendrement sur le front, lui joignit les mains et se mit à prier à voix basse. La petite Rose, en s'approchant, comprit le pourquoi de la douleur de sa mère et courut en bas pour avertir les autres. Tous se bousculèrent pour monter l'escalier. Leur mère sortit de la chambre et les calma : « Toi, Mathieu, va chercher ton père à l'étable », puis elle demanda à Charles junior et à Rose de s'agenouiller pour réciter les *Pater* et les *Ave*.

Mais à Montréal la mauvaise nouvelle arriva trop tard. De toute façon, Adélaïde n'aurait pu descendre, ses bourgeois recevaient à ce moment-là des amis d'Europe. De son côté, la pauvre Phébé reprenait difficilement ses forces après un dur accouchement.

Les jours suivants par une matinée fraîche de mai, une autre fois dans le silence de la campagne le convoi funèbre parcourait la route du nordet. Maxime, l'ami fidèle du défunt, portait la croix noire. La paroisse perdait l'un de ses enfants le plus prometteur. Même les plus endurcis laissaient couler leurs larmes.

Lorsque le père Charles prit une poignée de terre en signe d'adieu, il la lança brutalement sur la tombe de son fils, exprimant ainsi sa rage et sa révolte. Pamela à genoux éclata en sanglots. En quittant le cimetière, ils entendirent tous distinctement le bruit sourd et sinistre des pelletées de terre criblant le cercueil. Miserere... Miserere...

À la maison la vie reprit, péniblement. Le départ de Joseph laissait un vide immense dans tous les cœurs. Le passage du mois de mai fut atroce.

Un jour, en revenant du faubourg, Mathieu apporta une lettre de Montréal. Adélaïde y annonçait sa visite pour juillet. Elle avait un mois de congé. Son bourgeois quittait sa maison de la rue Sherbrooke pour des vacances à la mer, sur la côte du Maine, afin de refaire ses forces. Cette bonne nouvelle fut la bienvenue, elle apportait un peu de douceur et de répit à la famille éprouvée. Pour la première fois depuis la mort de son fils, Pamela se prit à sourire, elle reprenait lentement goût à la vie.

Enfin la visite de Montréal arriva. Le postillon, qui ramenait Adélaïde de la gare des gros chars au village d'en haut, ne put placer un seul mot tant elle en avait à dire, jasant de tout et de rien. Elle était remplie de joie et aussi d'une grande tristesse. Partie à la ville depuis quatre ans, elle était impatiente de revoir sa famille et son cher village.

Elle se rendit d'abord chez sa sœur Philomène qui l'accueillit avec joie. Adélaïde ne put s'empêcher, selon son ancienne habitude, d'étriver son beau-frère Ferdinand qui, assis droit dans sa chaise, ne restait pas insensible aux moqueries de sa belle-sœur. Il ne cessait de croiser et décroiser ses jambes tant les propos salés de la conversation excitaient cet homme ardent. Adélaïde ne le lâchait pas, l'accusant même d'être paresseux puisque sa femme n'avait qu'un seul enfant. Troublé, il se leva rapidement et s'en alla aux bâtiments.

Le lendemain, la visiteuse se rendit chez sa sœur Joséphine qui, à l'âge de vingt et un ans, attendait maintenant son quatrième enfant et se déplaçait difficilement. Malheureusement, elle avait perdu déjà deux autres enfants, ce qui la peinait beaucoup. Son mari Freddy, dont la carrure impressionnait, mangeait au bout de la table. Il bouffait énormément tant il avait un gros appétit. Adélaïde ne tarda pas à le taquiner. Elle ne s'était jamais laissé impressionner par sa haute taille et ne se gênait pas pour lui dire qu'il mangeait trop, qu'il ne pensait qu'à lui-même et à son propre plaisir. Joséphine dut intervenir tant le ton montait. Il faut dire qu'Adélaïde n'avait jamais accepté le mariage hâtif de ses deux sœurs si jeunes.

Adélaïde trouvait sa vie vraiment plus facile en comparaison de celles de ses sœurs. Mais elle ne leur racontait pas tout! Servir les bourgeois en ville était un lourd esclavage, ce genre de situation portait aussi son lot de peines et d'inconvénients.

Dans l'après-midi, elle traversa au nordet. Comme Mathieu venait faire ferrer la jument, il la prit chez Philomène. Quel bonheur ce fut de revoir son jeune frère. Elle le trouvait si beau qu'elle lui disait qu'il ferait un bel acteur à Montréal, ce qui fit rougir le jeune homme. Et c'est vrai, en effet, qu'il avait tout pour lui: d'abondants cheveux blonds frisés, un teint de pêche et de beaux yeux rieurs.

Durant le parcours, dans le chemin du rang, ils ne cessèrent de parler. Adélaïde voulait tout savoir, heureusement le cheval trottait lentement. La pauvre jument était bien fatiguée, elle travaillait vraiment trop. Aussi Mathieu confia-t-il à sa sœur qu'il leur faudrait bientôt un autre cheval, mais son père n'avait plus un sou. La maladie et le service de Joseph avaient tout raflé. Les temps étaient très durs. Même la trappe de la fourrure se trouvait en difficulté, le marché était à la baisse, les vieux pays achetaient moins. Toute l'Europe était en transition, les républiques remplaçaient les monarchies, les fortunes changeaient de main ou se perdaient complètement.

Mathieu lui confia également son inquiétude de voir leur père changer aussi rapidement. Le pauvre homme ne sortait plus, il ne s'était pas rendu au village depuis le décès de son fils, même pas à la messe! La conversation se continua. Mathieu paraissait très intéressé par les nouvelles machines qui roulent toute seule et qu'on appelle « automobiles ». Il paraîtrait même qu'elles auraient fait leur apparition dans les paroisses d'en bas.

Lorsqu'ils arrivèrent à la maison, ils étaient dévorés de soif, ils avaient trop parlé! Mais ils ne furent pas longs à reprendre le plancher! Adélaïde, ne voulant pas gâcher la joie de son retour, n'osa pas mentionner le nom de son frère défunt, préférant parler de sa vie dans la grande ville. Un nouveau souffle de vie pénétrait la maison, la visiteuse prenait toute la place. Même la petite Rose ne parlait plus, écoutait et riait de tout cœur. Trouvant sa mère débiffée et vieillie, Adélaïde s'attela aux tâches du quotidien et fit reposer Pamela qui le méritait bien. Au cours de la première semaine, Adélaïde rageait contre le poêle à bois: tout collait, même la soupe prenait au fond. En ville, on contrôle le feu, disait-elle. Mathieu ne cessait de la taquiner lui disant quelle était amoureuse et s'ennuyait de son cavalier.

Mathieu n'avait pas complètement tort. Depuis quelque temps, Aimé, le demi-frère du père Charles, venait souvent à la maison du sixième rang. Il était le plus vieux du troisième mariage du patriarche Mathew. Il avait belle allure, était âgé de vingt-sept ans, deux ans seulement le séparait d'Adélaïde. Cette dernière le trouvait agréable, poli et courtois. Elle laissait tout son travail en plan lorsqu'il arrivait. Elle le suivait partout. Lui aussi la trouvait de son goût, sa bonne humeur et son sens de l'humour l'amusaient beaucoup.

Dans la dernière semaine de juillet, Aimé venait même plus souvent. Pamela en était rendue à désirer le départ de sa fille vers la ville après l'avoir mise en garde contre cet amour impossible. Adélaïde riait, elle aimait la vie et mordait dedans à pleines dents. Elle se disait: « Demain, on verra bien! » et elle continuait à vivoter.

Enfin quand arriva l'heure de son départ, le bel Aimé la reconduisit à la gare des gros chars. Sa mère rageait en elle-même, trouvant sa fille trop audacieuse, éveillant et provoquant les soupçons du village. Elle en était bouleversée. Bien inutilement! Trois mois plus tard, le bel Aimé se mariait avec une fille des paroisses d'en haut. Lorsque Adélaïde l'apprit, elle écrivit à sa mère que l'amour était comme les saisons: il y en a des chaudes et aussi des froides.

On connut un automne merveilleux. Joseph était mort depuis un an. Le père Charles commençait à regarder vers les bois, son goût de l'aventure revenait. En démêlant ses pièges, il songeait à retourner trapper. Il avait complètement cessé depuis la tragédie de son fils.

Il avait alors perdu le goût de se risquer dans les bois. Mais les choses changeaient lentement en lui et sa nature hasardeuse reprenait le dessus.

En décembre, Philomène et Ferdinand décidèrent qu'ils feraient le repas du Jour de l'an. La maison paternelle du nordet, en deuil de son fils, se trouvait en quarantaine pour la circonstance. Il ne fallait faire aucune réception joyeuse pour une année complète. Aussi est-ce sur une note triste que l'on fêta le Jour de l'an. Le père Charles avait daigné se rendre à la réception, ce fut sa première visite au faubourg depuis les funérailles de Joseph. Pamela, malgré sa grande peine, montrait un peu de joie. Elle n'avait pas quitté la maison pendant huit mois. Dans la sleigh qui les amenait vers le village, elle respirait à nouveau la vie.

Pendant ce temps, au cinquième rang, à la maison des Caron, Diana enceinte pour la cinquième fois se préparait aussi à se rendre chez sa sœur Philomène au village. Wilfrid se trouvait déjà à l'étable en train d'atteler le cheval. La petite Lalâ étrennait un manteau neuf, près de la porte elle faisait des gambettes.

Alexis, dans le bas-côté, ne bougeait presque plus. Il circulait autour de son poêle, ne sortant dehors qu'en de rares occasions. Diana refusait complètement de lui adresser la parole depuis la mort de son frère Joseph. Elle lui en voulait énormément, incapable de pardonner. Chaque fois quelle l'apercevait, tout son être se retournait. Wilfrid était un homme d'une grande générosité de cœur, il comprenait l'état d'esprit de sa femme et s'occupait lui-même de son oncle. Il éprouvait beaucoup de compassion devant la condition précaire d'Alexis.

L'hiver de 1912 fut très doux, en février on avait

aperçu le sol. En mars, les sucriers parlaient d'un temps du sucre très hâtif, ce qui s'avéra juste. Au début d'avril, la saison était à son meilleur ; la récolte d'eau d'érable n'avait jamais été aussi bonne. Mais hélas la saison fut courte !

Même Diana se portait mieux et sentait que cette fois-ci elle rendrait l'enfant à terme. Elle ne s'était pas trompée, autour du vingt mai un gros garçon naissait. Diana rayonnait de bonheur malgré une pénible délivrance. Mais au bout de quelques heures, l'enfant décédait. Miserere... Miserere...

Une atmosphère de détresse remplit la pièce, tous pleuraient, Diana perdait encore un autre enfant ! Wilfrid bénit son fils et le porta en terre le lendemain après la cérémonie des anges qui eut lieu dans la sacristie de l'église.

Au bout d'une semaine, Diana put se lever. Sa déception s'était transformée en révolte. Elle criait sa douleur en frappant la porte du bas-côté de toutes ses forces, maudissant son oncle qui lui portait malheur. La scène était pathétique. Alexis se terrait dans son lit, les draps passés par-dessus la tête, ne comprenant rien au désarroi de sa nièce et se sentant complètement abandonné de tous. Désemparé, il pleurait en silence.

Le lendemain Diana s'était calmée. Wilfrid décida de l'emmener chez son frère Anthime et sa femme Joséphine ainsi que chez leurs voisins pour changer ses idées noires. Il avait raison, l'accueil fut chaleureux et l'on jasa de longues heures.

Mais on ne se doutait aucunement du drame qui se préparait à la maison. Alexis n'avait pas mangé depuis la veille, il sanglotait continuellement. Il sortit péniblement par la porte arrière, se dirigea vers le hangar, y entra, barra la porte derrière lui, prit un gros câble rugueux en bas de l'établi et y fit un nœud coulant. Ensuite, il monta dans l'échelle, tourna le câble autour d'une poutre sous les combles, passa le bout du nœud autour de son cou, le serra brusquement et se lança dans le vide. Un son lourd sortit de sa gorge pendant que son corps se balançait au bout de la corde.

Au retour de l'école, Lalâ s'arrêta chez Joséphine et Anthime. Wilfrid, Diana et Lalâ, la main dans la main, revinrent vers leur demeure. La température d'une douceur de début d'été embaumait la campagne, les oiseaux voltigeaient de tous côtés, les fleurs de la belle saison s'offraient en spectacle. Ils ralentirent le pas pour mieux jouir de cette agréable fin d'après-midi.

Diana et sa fille rentrèrent à la maison pendant que Wilfrid alla à l'étable. Il remarqua que la porte du bas-côté était grande ouverte. Il décida de jeter un coup d'œil à l'intérieur. Il fut très surpris de ne pas y voir son oncle, il remarqua aussi qu'il n'avait pas touché à sa nourriture. Il referma la porte, inquiet. Alexis, qui ne sortait plus depuis longtemps, ne pouvait se trouver bien loin. Le cœur battant, il ne savait que penser. Il revint à l'étable, décida de jeter un coup d'œil dans le hangar et fut très surpris de ne pouvoir pousser la porte. Sa nervosité augmentant, il contourna le hangar et y pénétra par la porte basse des cochons, enjambant le carré des porcs sortis de la soue.

Il resta saisi et immobile de frayeur en apercevant le corps d'Alexis qui se balançait au bout de la corde. Il resta un moment sans pouvoir bouger mais se ressaisit bientôt et monta au grenier pour détacher le câble. Il descendit le cadavre lentement jusqu'au plancher, dénoua la corde autour de son cou et alla la cacher derrière la boîte à moulée. Il revint près du corps d'Alexis, lui ferma les yeux et recouvrit le cadavre encore tiède d'une couverture de cheval. Wilfrid affolé ne savait trop quelle décision prendre maintenant. Il décida de retourner par le carré à cochon et laissa la porte du hangar barré.

Bouleversé, Wilfrid revint à la maison où il demanda délicatement à sa femme de lui préparer de l'eau chaude et du savon. Très inquiète, elle le questionnait sans arrêt. Alors il demanda à Lalâ d'aller chez les Cloutier pour voir si la mémé se sentait mieux. Lalâ comprit difficilement sa requête mais se dit qu'elle profiterait de l'occasion pour jouer un peu avec ses amis.

Une fois seul avec sa femme, Wilfrid raconta tout à Diana en tremblant de tous ses membres. Elle s'assit dans sa chaise. Tous deux restèrent silencieux pour un moment. Alors ils convinrent de ne jamais rien dire sur la pendaison d'Alexis. Ils décidèrent de dire que leur oncle s'était tué en voulant monter en haut des tasseries d'où, à cause de sa grande faiblesse, il était tombé de l'échelle.

Ensuite Wilfrid se rendit chez son frère Anthime junior. Il revint avec lui à la brunante, la tombe sur la wagine. Rendus au hangar, ils nettoyèrent le cadavre avant de le déposer dans son cercueil et l'exposèrent dans le bas-côté.

À part ses deux frères et demi-frère et sœur, peu de gens vinrent pour la veillée du corps.

Et le surlendemain au matin, une fois de plus le convoi funéraire traversa la campagne. Une fine pluie tombait doucement dans la vallée. Au loin on entendait le glas de la cloche funèbre tinter à intervalles la perte d'un paroissien. Son écho parcourait la campagne jusqu'à la montagne du lac de vase.

Dans la vallée du Bras-Riche, même les animaux levaient la tête : un grand ami les avait quittés. L'eau de la rivière, teintée de noir, traçait un sillon dans la vallée en deuil. Les longues herbes des écarts ne bougeaient plus et une profonde odeur de terre embaumait la campagne. Miserere... Miserere...

Trilogie funeste ! ce drame de la première décennie du siècle s'effaçait à jamais, emportant dans les entrailles de la terre la malédiction qui pesait sur la famille du patriarche Mathew. Et le cimetière garda ses secrets.

Dans le cinquième rang, les cicatrices profondes mirent du temps à guérir. Et cette chère Diana n'eut jamais d'autres enfants.

Notes de l'auteur

L'exécutant
Le patriarche Mathew par amour pour sa belle Irlandaise catholique renonça au confort et la richesse de sa famille protestante pour aller vivre pauvre et démuni dans les concessions de la Côte-du-Sud.

Le sacrifié
Le fils Alexis, qui dut quitter le foyer paternel à cause du remariage de son père, n'était pas prêt, psychologiquement, à affronter la dureté de la vie. Il n'accepta jamais la décision de son père.

L'immolé
Le petit-fils innocent que tout destinait à une vie heureuse et bien remplie et que la bestialité et la rage d'un détraqué avait détruit à jamais.

Les éprouvés

Florine Caouette	Troisième femme du patriarche Mathew
Le père Charles	Fils du patriarche Mathew
Pamela	Épouse du père Charles
Diana	Fille aînée de Charles – épouse de Wilfrid Caron

Philomène	Fille de Charles – épouse de Ferdinand Lord
Adélaide	Fille de Charles – épouse d'Alfred Bousquet
Joséphine	Fille de Charles – épouse d'Alfred Carlos
Mathieu	Deuxième fils de Charles – époux de Phélénise Chouinard
Charles Junior	Fils de Charles – époux de Marie-Reine Fortin
Rose	Fille de Charles – épouse de Charles Caron
Arthémise Chouinard	Voisine et amie de Pamela
Marie-Anna Pelletier	Sage-femme et infirmière
Lalâ (Athala)	Fille de Diana et de Wilfrid
Ivonne Lord	Fille aînée de Philomène et de Ferdinand

Les témoins

Mary Lindsay	Première femme du patriarche Mathew
Aimé	Fils aîné du patriarche Mathew et de Florine Caouette
Anthime Jr Caron	Beau-frère de Diana et voisin
Joséphine Caron	Amie, belle-sœur et voisine de Diana
Armand Caron	Neveu de Diana et fils de Joséphine et Wilfrid
Pépère Anthime Caron	Deuxième voisin et père de Wilfrid
Arthémise Fournier	Épouse du père Anthime
Monique & Emma Caron	Filles du père Anthime
Les Cloutier	Voisins d'en haut du cinquième rang
Les Fortin	Cultivateurs du début du cinquième rang

[172]

Les Tondreau	Fermiers démunis du bas de la grappigne
Les Chouinard	Voisins et amis du père Charles et de Pamela, 6ᵉ rang
Abbé Galarneau	Curé de la paroisse
Cyprien	Maître-chantre
Zéphirin	Bûcheron et homme pieux
Alfred	Foreman des chantiers
Josépha Langlois	Connétable de la fabrique
Le gros Valère	Colporteur du village
Arthur	Forgeron
Alfred Lord	Père de Ferdinand
Zéphérine	Fille du patriarche Mathew et de Florine Caouette
Les Bourgeois	Élite de Montréal et gens hautains
Docteur Giasson	Médecin de l'Islet, paroisse mère du comté
Rosalie Fournier	Mère d'une grande famille au Nordet
Le postillon	Employé des postes et commissionnaire

CHARLES III

Lexique

Allure	Attitude, tournure; une personne soignée
Auge	Tronc d'arbre creusé à la hache
Bajoue	Partie de la joue et du cou du porc
Bas-côté	Cuisine d'été
Bobsleigh	Traîneau d'hiver tiré par deux chevaux
Boiler	Réservoir d'eau à même le poêle à bois
Bordas	Travail autour de la maison et de la ferme
Bouillage	Réduction de l'eau d'érable en sirop
Bouilleu	Bouilleur, cylindre de tôle en contact direct avec le feu
Campe	Abri en bois rond
Carrure	Largeur du dos, d'une épaule à l'autre; homme bien bâti
Châssis	Fenêtre
Chaudronne	Marmite en fonte noire
Coulée	Terrain plat entre deux collines
Cri	Crir, quérir
Débiffer	Changer, fatiguer
Dégreyer	Se déshabiller
Délivrance	Accouchement
Équerre	Point de rencontre de deux fronteaux
Étrenner	Porter un vêtement neuf pour la première fois

Faire le train	Prendre soin des animaux de l'étable
Fenil	Partie haute de l'étable
Fondement	Bas du ventre
Fort	Alcool frelaté
Fronteau	Division des rangs
Gabare	Traîneau plat
Gantbière	Femme élégante et bavarde
Grabat	Lit de bois
Grappigne	Chemin de montagne
Haut-côté	Remise adjacente à la maison
Maguéna	Manteau en étoffe du pays
Nordais	Partie nord-est du village; vent froid du nord
Pagée	Partie de clôture entre deux poteaux
Pantry	Comptoir de cuisine
Portrait	Allure d'une personne
Ravage	Lieu où se tiennent les animaux sauvages
Réchaud	Poêle à grande surface pour réduire l'eau d'érable
Réduit (du)	Eau d'érable réduite
Sapinage	Concentration de conifères
Saroit	Vent du sud-ouest
Sideboard	Buffet anglais
Strappe	Lanière de cuir
Sucrier	Travailleur de l'érablière
Tarière	Grande vrille pour percer les érables
Tasserie	Endroit où l'on engrange le foin
Tirer les vaches	Traire les vaches
Transi(e)	Engourdi(e) par le froid
Wagine	Voiture à grandes roues tirée par des chevaux

Abrégé de l'arbre généalogique

Arrivée à Québec entre 1820 et 1828

Mathew Thomas Hunter
Conjointe, Mme Touchette (n/d)

1830 – Naissance de Mathew J^r, à Québec

1851 – 1e génération des Hunter à Saint-Cyrille de Lessard, comté de l'Islet

1851 – 1e mariage

Mathew Hunter J^r, 1830-1908
Mary Lindsay, 1829-1873

Leurs 15 enfants

Mathieu	1851-1932
Olivine	1852-1936
Alexis	1853-1912
Marie-Zelie	1854-1873
Geneviève	1856-1856
Marie-Anna	1857-1858
Charles I	1859-1930
(*grand-père de l'auteur*)	
Joseph	1860-1861
Malvina	1862-1939
Adèle	1864-1943
Phébé	1865-1934
Vitaline	1868-1933
Josephine	1869-?
Caroline	1870-?
Mariana	1872-1872

1876 – 2ᵉ mariage

Mathew Hunter Jʳ,
Deuxième épouse, Marceline Caron, 1836-1880

Leurs 2 enfants

Virginie	1878-1915
Enfant mort-né	1880

1883 – 3ᵉ mariage

Mathew Hunter Jʳ,
Troisième épouse, Florine Caouette, 1856-1938

Leurs 7 enfants

Aimé	1883-1946
Marie-Laura	1885-1932
Joseph	1886-1973
Séraphine	1889-1954
Marie-Albertine	1890-1895
Joseph-Léon	1893-1975
Mathieu Édouard	1898-1899

1882 – 2ᵉ génération des Hunter

Charles Hunter I (grand-père de l'auteur), 1859-1930
Épouse, Pamela Caron, 1861-1924

Leurs 9 enfants

Diana	1884-1937
Philomène	1885-1973
Adelaïde	1886-1964
Phébé	1888-1974
Joséphine	1890-1976
Joseph	1893-1911
Mathieu	1894-1932
Charles II (*père de l'auteur*)	1896-1982
Rose	1899-1990

1924 – 3ᵉ génération des Hunter

Charles II (Jʳ), 1896-1982
Marie-Reine Fortin, 1903-1965

Leurs 11 enfants

Jean-Paul	1926-
Réal	1928-
Roger	1928-1955
Martin	1930-
Lily « Neillie »	1932-
Lionel	1925-
Jacques	1936-
Charles-Albert, Charles III (*l'auteur*)	1938-
Denise	1940-
Micheline	1941-
Michel	1948-1992

Table des matières